Vente du Samedi 9 Mars 1912
(HOTEL DROUOT)
PAR LE MINISTÈRE DE Me ANDRÉ DESVOUGES

CATALOGUE
DE
LIVRES ANCIENS
DANS TOUS LES GENRES
ET DE
LIVRES MODERNES
PROVENANT DE LA BIBLIOTHÈQUE DE M. V***

PARIS
LIBRAIRIE HENRI LECLERC
219, RUE SAINT-HONORÉ, 219
ET 16, RUE D'ALGER

1912

CATALOGUE

DE

LIVRES ANCIENS

ET

MODERNES

LA VENTE AURA LIEU

LE SAMEDI 9 MARS 1912

A 2 HEURES PRÉCISES

HOTEL DES COMMISSAIRES-PRISEURS, 9, RUE DROUOT

Salle N° 7

Par le Ministère de Me **ANDRÉ DESVOUGES**, commissaire-priseur

26, RUE GRANGE-BATLIÈRE, 26

Successeur de Me MAURICE DELESTRE

Assisté de **M. HENRI LECLERC**, libraire

219, RUE SAINT-HONORÉ, 219

ET 16, RUE D'ALGER

CONDITIONS DE LA VENTE

La vente se fait au comptant.

Les adjudicataires paieront 10 pour 100 en sus des enchères.

Les livres vendus devront être collationnés dans les vingt-quatre heures de l'adjudication. Passé ce délai, ils ne seront repris pour aucune cause.

M. Henri Leclerc remplira les commissions qu'on voudra bien lui confier.

CATALOGUE

DE

LIVRES ANCIENS

DANS TOUS LES GENRES

ET DE

LIVRES MODERNES

PROVENANT DE LA BIBLIOTHÈQUE DE M. V***

PARIS

LIBRAIRIE HENRI LECLERC

219, RUE SAINT-HONORÉ, 219

ET 16, RUE D'ALGER

—

1912

LIVRES ANCIENS

1. **Abrégé** de l'histoire romaine (par l'abbé Millot), orné de 49 estampes gravées en taille-douce avec le plus grand soin, qui en représentent les principaux sujets. *A Paris, chez Nyon l'aîné & Fils*, 1789. In-4, veau marb., fil., dos orné, tr. marb. (*Rel. anc., défraîchie*).

   1 frontispice *par Piauger* gravé par *Tardieu*, et 48 figures par *Bolomey*, *Eisen*, *Gravelot* et *Gabriel de Saint-Aubin*, gravées par *Aveline*, *Chenu*, *Courtois*, *Gaucher*, *Legrand* et autres.

   Déchirure de la planche 39 raccommodée.

2. **Almanach** historique de la Revolution françoise, pour l'année 1792, rédigé par M. J.-P. Rabaut (Saint-Etienne). On a joint l'Acte constitutionnel des François avec le Discours d'acceptation du Roi. Ouvrage orné de gravures d'après les dessins de Moreau. *A Paris, chez Onfroy. A Strasbourg, chez J. C. Treuttel. De l'imprimerie de Didot l'aîné* (1792). In-18, cartonn., dos et coins vélin, non rogné.

   Premier tirage des 6 jolies figures gravées d'après les dessins de *Moreau le jeune*. La première figure, qui sert de frontispice, est ici une épreuve avant le numéro.

3. **Almanach** historique de la Revolution françoise, pour l'année 1792, etc. In-18, demi-rel. veau fauve, dos orné, non rogné.

   Autre exemplaire du même almanach, contenant aussi un calendrier pour 1792, de 4 ff.

4. **Ambassades** mémorables de la Compagnie des Indes Orientales des Provinces Unies, vers les empereurs du Japon, contenant plusieurs choses remarquables arrivées pendant le voyage des Ambassadeurs ; et de plus la description des villes, bourgs, châteaux, etc., etc. *A Amsterdam, chés Jacob de Meurs.* 1680. In-folio, figures, demi-vél., mar. vert à longs grains, tr. marb. (*Rel. romant.*).

L'ouvrage contient 1 frontispice, 1 carte, 26 planches hors texte et des figures dans le texte, gravées sur cuivre.

Le frontispice, dont un coin est arraché, et d'autres planches sont doublées ou raccommodées, ainsi que les marges de quelques feuillets de texte.

5. **Annotations** on the New Testament of Jesus Christ. By RW. D. D. *S. l.* (*Douai ?*), 1730. 2 vol. in-8, mar. rouge, large dentelle à petits fers, dos orné, dent. int., tr. dor. (*Rel. anc.*).

Reliure française ornée d'une jolie dentelle à petits fers.

Édition catholique de la version anglaise du *Nouveau Testament*.

L'auteur anonyme des annotations était professeur à Douai.

Les approbations des facultés de Douai et de Paris et la reliure française nous font croire que l'ouvrage a été imprimé en France, probablement à Douai.

6. **Arcussia** (Charles d'). La Fauconnerie de Charles d'Arcussia de Capre, seigneur d'Esparon, de Pallieres, et du Reuest en Provence. Divisée en dix parties. Avec les portraicts au naturel de tous les oyseaux. *A Paris, chez Jean Houzé.* 1627. 4 parties en 1 vol. in-4, portr., figures et planches, basane brune, fers à froid, tr. roug. (*Rel. romantique*).

Exemplaire bien complet, conforme à la collation de Souhart.

Il contient un portrait de l'auteur par Briot, 1 planche d'armoiries, 5 planches d'instruments de fauconnerie (après p. 296), et des figures d'oiseaux de proie bien gravées sur cuivre et tirées dans le texte.

Les feuillets contenant les pages 399-409 sont placés au milieu du volume.

7. **Ariosto** (Lodovico). Orlando furioso. *In Parigi, nella*

stamperia di P. Plassan. 1795. 4 vol. gr. in-8, figures, cartonn., 3 vol. non rognés, le 4e ébarbé (*Cartonn. anc.*).

L'édition contient le portrait et 53 figures des éditions de 1773 et 1775-1783.

8. **Berquin.** Romances par M. Berquin. *S. l. n. d.* (*Paris, Ruault.* 1776). Pet. in-8, figures, dos et coins mar. lilas.

Exemplaire sur PAPIER DE HOLLANDE, entièrement non rogné ; les figures sont AVANT les numéros.

Premier tirage ne contenant que 4 figures de *Marillier*, gravées par *Delaunay jeune* et *Ponce*.

9. **Beverly** (R.-B.). Histoire de la Virginie, contenant I. L'Histoire du premier Etablissement dans la Virginie, & de son gouvernement jusques à present. II. Les productions naturelles etc. Par un auteur natif & habitant du païs. Traduite de l'Anglois. Enrichie de figures. *A Amsterdam, chez Thomas Lombrail.* 1707. In-12, 1 frontisp., 2 ff. prélim., 432 pp., 1 tableau, 14 figures chiff., et 8 ff. de table, basane brune, dos orné, tr. jasp. (*Rel. anc.*).

10. **Boccace** (J.). Contes. Traduction nouvelle. *A Londres* (*Paris, Cazin*). 1791. 10 tomes en 5 vol. in-18, demi-rel., veau fauve, dos orné, tr. marb.

11. **Bodin** (Jean). Les six livres de la République de J. Bodin. *S. l.* 1577. In-8, de 36 ff. prélim., 1086 pages, chiff. 1-1102 et 1 f. blanc, vélin (*Rel. anc.*).

Le volume est dérelié.

12. **Bodin** (Jean). Le Théâtre de la nature. Traduict du latin par M. François de Fougerolles. *A Lyon, par Jean Pillehotte.* 1597. In-8, de 20 ff. prélim., 915 pages chiff. 1-917, et 12 ff. non chiff., vélin jasp., tr. rouges (*Rel. anc.*).

Édition originale de la version française.
Nom sur le titre.

13. **Boileau.** Œuvres, avec des éclaircissemens historiques, donnez par lui-même. *A Genève, chez Fabri & Baril-*

lot. 1716. 2 vol. in-4, figures, basane brune (*Rel. anc.*).

1 portrait du Régent par *J.-B. Santerre*, gravé par *Fr. Chéreau*, 1 portrait de Boileau par *Rigaud*, gravé par *Chéreau* et 6 figures hors texte (pour le *Lutrin*) par *Chereau*.

Les deux portraits, qui sont ajoutés, sont pliés dans le bas.

14. **Brès.** Tableau historique de la Grèce. *Paris, Louis Janet. S. d.* (vers 1825). 2 vol. in-18, titres gravés, veau vert, fil. plats ornés d'une plaque à froid, tr. dor. (*Rel. romant.*).

15. **Cabinet des Fées** (Le) ; ou collection choisie des contes de fées et autres contes merveilleux, orné de figures. Tomes 1-37. *A Amsterdam et Paris*. 1785-1789. 37 vol. in-8, demi-rel. vélin vert, tr. jasp. (*Rel. anc.*).

Seulement 37 (sur 41) tomes, contenant 104 (sur 108) figures.

Il manque 1 figure au tome 3, 10, 29 et 2 figures au tome 35. Il y en a une de trop au tome 18.

Il manque au tome 1 les pages 15-34, au tome 2 le titre et pp. 1-2, au tome 3 le titre et pp. 1-12 et 15-20, au tome 10 le titre et pp. 359-362, au tome 18 le titre ; le titre du tome 14 n'est qu'un fragment.

Nombreuses mouillures aux figures et dans le texte.

16. **Chapelain** (Jean). La Pucelle ou la France délivrée. Poëme héroïque. *A Paris, chez Augustin Courbé*. 1656. In-folio, figures, veau marb., fil. (*Rel. anc., défraîchie*).

Orné d'un frontispice et de 12 planches, gravées par *A. Bosse*, d'après *C. Vignon*, du portrait du duc de Longueville par *Champaigne*, gravé par *Nantueil* et du portrait de Chapelain, dessiné et gravé par *Nantueil*.

Légères mouillures.

17. **Charron** (Pierre). De la sagesse. Suivant la vraie copie de Bourdeaux. En trois livres. *A Paris, chez Christophle Journel*. 1657. Pet. in-12, titre gravé, mar. rouge, fil., fleurons aux angles et au milieu, tr. dor. (*Rel. anc.*).

Le titre gravé est coupé au cadre et remonté.

18. **Chasse** (Ouvrages sur la). 3 vol., dont 1 in-12, veau brun, dos orné, tr. jasp. (*Rel. anc.*) et 2 in-8, veau brun, dent. à froid, tr. rouges.

Salnove (Robert de). La Venerie royale. *A Paris, chez Mille de Beaujeu.* 1672. 2 tomes en 1 vol. — Magné de Marolles. Essai sur la chasse au fusil. *Paris, Barrois jeune.* 1781. — La Chasse au fusil, par le même. *A Paris, de l'imprimerie de Monsieur; et se vend chez Théophile Barrois.* 1788. (Les planches manquent.)

Petits morceaux arrachés à la marge du titre des premier et dernier ouvrages.

19. **Chateaubriand** (F.-A. de). Itinéraire de Paris à Jérusalem et de Jérusalem à Paris, en allant par la Grèce, et revenant par l'Egypte, la Barbarie et l'Espagne. *Paris, Le Normant.* 1811. 3 vol. in-8, demi-rel., dos veau olive, dent. à froid, dos orné, non rognés (*Rel. romantique*).

Edition originale.

Carte au tome premier; 1 figure ajoutée en tête de chaque volume.

On y a joint les tomes VI et VII de la première édition des Œuvres complètes, publiée par Ladvocat, en 1827, contenant les *Voyages en Amérique et en Italie*; même reliure.

Ens. 5 vol.

20. **Crébillon**. Œuvres. *Paris. P. Didot l'aîné.* 1812. 3 vol. in-8, figures, veau racine (*Rel. anc.*).

1 portrait par *Marillier*, gravé par *Ingouf jeune*, et 9 figures de *Marillier*, gravées par *Dambrun, Duponchel, Ingouf jeune, Macret* et *Trière*.

21. **CRonica** cronicaꝝ abbrege et mis p figures descētes et Rondeaulx etc. (A la fin de la IIIe partie :) *Imprime a Paris par Frãcois Regnault* etc. *S. d.* (1532). 3 parties en 1 vol. in-4, goth., de 52 (sur 56), 30 et 24 ff. chiff., figures, vélin, armes de France, tr. jasp. (*Rel. mod.*).

Bordure aux titres des trois parties et figures dans le texte.

Les ff. 2-5 de la première partie manquent. Petits trous aux deux derniers feuillets. Légères mouillures. Piqûres de vers dans la marge de quelques feuillets.

22. **Danse des morts** (La), comme elle est dépeinte dans la louable et célèbre ville de Basle, pour servir d'un miroir de la nature humaine. Dessinée et gravée sur l'original de feu Mr Matthieu Merian. On y a ajouté une description de la ville de Basle & des vers à chaque figure. *A Basle, chés Jean Rodolphe Im Hof.* 1756. Pet. in-4, cartonn. ancien, tr. jasp.

Figures gravées sur cuivre par *Chovin* d'après celles de *Merian.*

Texte en français et en allemand.

23. **Dauphin.** La dernière Héloïse, ou lettres de Junie Salisbury, recueillies et publiées par M. Dauphin citoyen de Verdun. *A Paris,* 1784. 2 parties en 1 vol. in-8, figures, mar. olive, fil., tr. jaunes (*Rel. anc.*).

1 frontispice, 2 figures hors texte et 2 vignettes, par *Quéverdo,* gravés par *Dambrun, Delignon* et *de Longueil.*

La reliure est défraîchie.

24. **Delisle de Sales.** De la philosophie de la nature, ou traité de morale pour le genre humain, tiré de la philosophie et fondé sur la nature. Septième édition et la seule conforme au manuscrit original. *A Paris, chez Gide.* 1804. 10 vol. pet. in-8, figures, demi-rel. basane brune, tr. jasp.

10 titres gravés contenant une petite vignette, 1 frontispice et 12 figures hors texte.

25. **Dorat** (C.-J.). Lettre de Zéïla, jeune sauvage, esclave à Constantinople, à Valcour, officier françois, précédée d'une lettre à Madame de C***. *A Paris, chez Sébastien Jorry.* 1764. In-8, figure, mar. rouge, fil., tr. dor. (*Rel. anc.*).

1 figure, 1 vignette et 1 cul-de-lampe par *Eisen,* gravés par *de Longueil.*

Papier de Hollande.

26. **Dorat.** La Déclamation théatrale, poëme didactique en trois chants, précédé d'un discours. *Paris, Sébastien Jorry.* 1766. 1 frontispice et 3 (sur 4) figures par Eisen, gravées par de Ghendt. — Le Célibataire, comédie en cinq actes en vers. Nouvelle édition. *A Paris, chez Delalain.* 1776. 1 frontispice par Marillier,

gravé par de Launay. — Ens. 2 vol. in-8, dont 1 dos et coins mar. rouge, tr. dor. (Pierson) et 1 demi-rel. chagrin brun, non rogné.

1 figure du premier ouvrage manque.

Taches grasses aux frontispice et titre du premier ouvrage; ceux du second ouvrage sont défraichis.

27. **Dorat.** Lettre de Barnevelt dans sa prison, à Truman son ami, précédée d'une lettre de l'auteur. *A Paris, chez Bauche.* 1766. 1 figure, 1 vignette et 1 cul-de-lampe par Eisen, gravés par De Longueil. — Lettre du comte de Comminges à sa mère, suivie d'une lettre de Philomele à Progné. Nouvelle édition. *A Paris, de l'imprimerie de Sebastien Jorry.* 1765. 2 figures, 2 vignettes et 2 culs-de-lampe par Eisen, gravés par Aliamet et De Longueil. — Lettre de Zeïla, jeune sauvage, esclave à Constantinople, à Valcour, officier françois; précédée d'une lettre à Madame de C**. Troisième édition. *A Geneve, et se trouve à Paris, chez Bauche.* 1766. 1 figure, 1 vignette et 1 cul-de-lampe par Eisen, gravés par De Longueil. — Réponse de Valcour à Zeïla, précédée d'une lettre de l'auteur à une femme qu'il ne connoit pas. *A Paris, de l'imprimerie de Sébastien Jorry.* 1766. 1 figure, 1 vignette et 1 cul-de-lampe par Eisen, gravés par De Longueil et Aliamet. — Ens. 4 plaquettes gr. in-8, brochés, non rognées.

Papier de Hollande.

28. **Dorat.** Les Baisers, précédés du Mois de mai. *A La Haye et se trouve à Paris chez Delalain.* 1770. In-8, figures, mar. rouge, dent. à petits fers, dos orné, dent. int., tr. dor. (*Rel. anc.*).

1 frontispice par *Eisen*, gravé par *Ponce*, 1 figure par *Eisen*, gravée par *de Longueil*, 23 vignettes, 1 fleuron sur le titre et 22 culs-de-lampe par *Eisen* et *Marillier*, gravés par *Aliamet*, *Baquoy*, *Binet*, *Delaunay* et autres.

Le volume a été remis dans une reliure ancienne de format un peu plus grand que le texte.

29. **Dorat.** Les Baisers, précédés du Mois de mai. *A La Haye, et se trouve à Paris, chez Delalain.* 1770. Pet. in-8, veau marb. (*Rel. anc., défraichie*).

30. **Dorat**. Réunion de différents ouvrages. 7 tomes en 6 vol. in-8, dont 4 veau fauve marb., tr. rouges ou dor. (*rel. anc.*), 1 demi-rel. anc. et 1 cartonn. dos et coins toile jaune.

Lettre du Lord Velford à Milord Dirton, son oncle. *Paris, L'Esclapart.* 1765. 2 fig., 1 vign. et 1 cul-de-lampe par *Eisen*, gravés par *de Longueil* et *Aliamet.* — Epître à l'ombre d'un ami. *Paris, Delalain.* 1777. 1 fig. de *Marillier*, gravée par *de Ghendt* (On y a joint le frontispice pour les *Mélanges* par les mêmes). — Lettres en vers et œuvres mêlées de M. D**, ci-devant Mousquetaire, recueillies par lui-même. Tome premier. *Paris, Seb. Jorry.* 1767. 1 front. d'*Eisen*, gravé par *De Longueil*, 1 portr. par *Denon*, gravé par *Aug. de Saint-Aubin*, 6 fig. d'*Eisen*, gravées par *De Longueil* et *J.-B. Simonet* et des vignettes et culs-de-lampe par les mêmes (2 exemplaires). — Lettre d'Ovide à Julie, précédée d'une lettre en prose. A M. Diderot. *S. l.* 1767. 1 fig., 1 vig. et 1 cul-de-lampe par *Eisen*, gravés par *Née.* — La Déclamation théâtrale. Nouvelle édition. *Paris, Sébastien Jorry.* 1767. 1 front. et 4 figures d'*Eisen*, gravés par *de Ghendt.* — Mes fantaisies. Troisième édition. *La Haye, et Paris, chez Delalain.* 1770. 1 front., 1 vign., 1 fleuron et 1 cul-de-lampe par *Eisen*, gravés par *de Ghendt.*

On y a joint 4 volumes, plus ou moins incomplets, de la collection complète des œuvres de Dorat. *Neuchatel.* 1776.

31. **Du Rosoi**. Les Sens, poëme en six chants. *A Londres* (*Paris*). 1766. In-8, figures, veau marb., tr. marb. (*Rel. anc.*).

Exemplaire sur GRAND PAPIER DE HOLLANDE.

7 figures dont 4 d'*Eisen* et 3 de *Wille*; 6 vignettes dont 3 d'*Eisen*, et 3 de *J.-G. Wille* et 2 culs-de-lampe par *Eisen*, gravés par *de Longueil* et 2 planches de musique.

Nom sur le titre.

32. **Fénélon**. Les Aventures de Telemaque, fils d'Ulysse. Nouvelle édition, enrichie de figures en taille-douce. *A Paris, chez Jacques Estienne.* 1730. 2 tomes en 1 vol. in-4, veau marb., tr. rouges (*Rel. anc.*).

1 frontispice par *Coypel*, gravé par *Tardieu*, 1 vignette par le même, gravée par *Scotin*, 24 figures par *Cazes, Coypel, de Favanne, Humblot* et *Souville*, gravées par *Bacquoy, Beauvais, Cochin, Dupuys* et *Mathey* et 1 carte géographique.

33. **Fénélon.** Les Aventures de Télémaque, fils d'Ulysse. *A Paris, de l'imprimerie de P. Didot l'aîné,* an VII (1799). 2 vol. in-12, veau racine, pet. dent., tr. dor. (*Rel. de l'époque*).

Exemplaire, dans lequel on a intercalé la suite complète du portrait par *Delvaux* et des 24 figures de *Lefebvre*, gravées par *Delvaux*, *Godefroy*, *Simonet*, *Thomas* et *Trière*, publiées dans l'édition de Didot, 1796.

34. **Fenelon.** Les Aventures de Télémaque, fils d'Ulysse. *A Paris, chez Ant. Aug. Renouard.* XI = 1802. 2 vol. in-12, veau jaspé, pet. dent., tr. dor. (*Rel. de l'époque*).

On a inséré dans l'exemplaire la suite complète du portrait par *Delvaux* et des 24 figures de *Lefebvre*, gravées par *Delvaux*, *Godefroy*, *Simonet*, *Thomas* et *Trière*, publiées dans l'édition de Didot, 1796 ; et une figure par *Le Barbier l'aîné*, gravée par *Villerey*.

Une déchirure dans la marge d'un feuillet est grossièrement raccommodée.

35. **Figures** des histoires de la Saincte Bible, accompagnées de briefs discours. *A Paris, chez Guillaume Le Bé.* 1666. In-fol., de 4 ff. prélim., 272 pp. chiff. et 4 ff. non chiff., vélin (*Rel. anc., fatiguée*).

Figures à mi-page, gravées sur bois.

Plusieurs feuillets déchirés.

Morceaux arrachés à deux feuillets : Raccommodages. Mouillures.

Sur le titre la signature : *à Mademoiselle de Fontenelle* ; probablement une fille du célèbre écrivain.

36. **Fromageot** (L'abbé). Annales du regne de Marie-Thérèse. *A Paris, chez Prault fils,* 1775. In-8, figures, veau marb., tr. rouges (*Rel. anc.*).

1 portrait de Marie-Thérèse gravé par *Cathelin*, d'après *Ducreux*, 2 portraits en médaillon (Marie Antoinette et Joseph II), gravés d'après *Moreau* par *Gaucher* en tête de la dédicace et 4 figures par *Moreau*, gravées par *Duclos*, *de Launay*, *Prévost* et *Simonet*.

37. **Gessner** (Salomon). Œuvres. *A Paris, chez Ant.-Aug. Renouard.* 1795. 4 vol. in-12, veau jasp., pet. dent., dos orné, tr. marb. (*Rel. anc.*).

Exemplaire imprimé sur GRAND PAPIER VÉLIN, dans lequel

on a intercalé les 3 portraits et les 48 figures de *Moreau*, gravées par *Baquoy*, *Dambrun*, *Delvaux* et autres et qui ont paru dans l'édition de Renouard de 1799.

38. **Gessner** (Salomon). Œuvres. *A Paris, chez Bossange, Masson et Besson.* An V- 1767 (sic pour 1797). 3 vol. in-18, mar. olive, 3 fil., branchage aux angles et couronne de branches au milieu, dos orné, dent. int., doubl. et gardes de soie violet, tr. dor.

L'exemplaire contient un portrait, 3 frontispices et 13 (sur 14?) figures par *Marillier*, gravées par *R.-H.-J. Delvaux*, de l'édition de Cazin, et une copie assez médiocre de la même suite, mais qui comprend 14 figures. Cette copie, qui est ici avant la lettre, parait faire partie de l'édition de Bossange.

39. **Gessner.** Œuvres. *A Paris, chez Bossange, Masson et Besson.* An V-1797. 3 vol. in-18, figures, veau jasp., pet. dent., tr. marb. (*Rel. anc.*).

Edition contenant 3 frontispices, 1 portrait et 14 figures, copiées sur les figures de *Marillier* de l'édition Cazin.

40. **Godonnesche.** Médailles du règne de Louis XV. *S. l. n. d.* (*Paris*, vers 1735), pet. in-folio, vélin vert, tr. jasp. (*Rel. anc. fatiguée*).

Un titre gravé dans un cartouche, 1 planche de dédicace et 52 planches chiff., entourées d'un encadrement historié et contenant des reproductions de médailles.

Le frontispice, signalé par Cohen, manque.

41. **Goltz** (Hubert). Fastos magistratuum et triumphorum ab urbe condita ad Augusti obitum ex antiquis tam numismatum quam marmorum monumentis restitutos S. P. Q. R. Hubertus Goltzius Herbipolita Venlonianus dedicavit. *Brugis Flandrorum, An. a. Chr. nat.* 1566. In-fol., de 12 ff. prélim., 288 pp. chiff. et 22 ff. non chiff., vélin, milieu et coins ornés, tr. dor. (*Rel. anc. fatiguée*).

Première édition.

Titre orné et 234 planches (une par page) gravées par *Hubert Goltz* représentant des médailles et des inscriptions.

42. **Goury de Champgrand.** Traité de vénerie et de chas-

ses. *A Paris, chez Moutard.* 1776. 2 parties en 1 vol. in-4, figures, veau marb., tr. roug. (*Rel. anc.*).

Première édition avec nouveau titre à la date de 1776.
L'ouvrage contient 39 planches chiff., gravées par *Louis Halbou.*
Note manuscrite sur le faux-titre disant que ce volume a été donné en 1792 à un officier de la Garde à cheval par Louis-François-Joseph de Bourbon, prince de Conti.

43. **Gregorius Magnus.** Dialogi, italice. (F. 1, blanc, manque ; f. 2, r° :) ℭ Incominicia il prologo del vulga-||rizatore del Dyalogo de miser san-||cto Gregorio papa. (F. 96, v° :) *Finisse el dyalogo de miser san-||cto Gregorio papa : Impres-||so ĩ venesia per Andrea||di Toresani de Asola. || nel. 1487. adi || 20. de fe-||braro.* Pet. in-4, goth., de 100 ff. imprimés et non chiff. et 1 (sur 2) ff. blancs, 2 col., 35 ll., vélin, tr. jasp. (*Rel. mod.*).

Hain-Copinger 7977. Proctor 4712. Non cité par Pellechet.
De la bibliothèque de Charles Nodier, avec une note de lui et sa signature sur la garde du volume.
Le premier feuillet (A_1), blanc, manque.

44. **Hennissart** (d'). Satyres sur les femmes bourgeoises qui se font appeller Madame, avec une distinction qui separe les veritables d'avec celles qui ne le sont que par le caprice de la fortune, la bizarerie & la vanité du siècle. Par M. le Chevalier D*** (d'Hennissart). *A La Haye, chez Henri Frik.* 1713. In-8, de 8 ff. prélim., 500 pp. chiff. et 12 figures hors texte, gravées en taille-douce, veau marb., fil., dos orné, tr. marb. (*Rel. anc., fatiguée*).

Satires très curieuses sur les mœurs du temps et à propos desquelles M. de Gaillon a écrit un article très intéressant dans le *Bulletin du Bibliophile,* année 1857, pp. 515-527.
L'auteur, s'étant servi d'une approbation et d'un privilège qui n'avaient été donnés que pour un livre qui portait le même titre mais qui était expurgé, a été mis à la Bastille et tous les exemplaires du livre furent saisis chez l'imprimeur, mis au pilon, à la réserve d'un très petit nombre, demeurés dans les mains du lieutenant-général de police.
Ces exemplaires, échappés à la saisie ont, ou un nouveau

titre, comme le nôtre, ou l'ancien, mais dont on a enlevé la partie inférieure, contenant le nom de Paris, celui du libraire (D. Beugnié) et la date.

Tache de colle, sur le titre.

45. **Héro et Léandre,** poëme nouveau en trois chants, traduit du grec, sur un manuscrit trouvé à Castro, auquel on a joint des notes historiques. *A Paris, de l'imprimerie de Pierre Didot l'aîné.* An IX. 1801. In-4, front. et 8 fig., demi-rel. veau bleu, dos orné, tr. marb.

Livre recherché orné de 8 figures dessinées et gravées en couleurs par *Debucourt.*

46. **Heures** a lusaige de Romme tout au || long sans riens requerir. Auec les figu-||res de la vie de l'homme : et de la destruction || de hierusalem. Tout pour le mieulx. (A la fin :) *Ces presentes Heures a lusaige de Romme || tout au long sans riens requerir nouuellement imprimees a Paris par Gillet Hardouyn,* etc. *S. d.* (Almanach pour 1512-1524). Gr. in-8, goth., de 90 (sur 92) ff. non chiff., sig. A — L par 8 et M par 4, 30 ll., figures, mar. noir, compart. de fil. à froid, coins et fermoir d'argent ciselé (*Rel.mod.*).

Lacombe 229 et Bohatta 854 ne signalent que 90 feuillets.

Exemplaire imprimé sur peau de vélin, avec les figures enluminées en or et couleurs.

L'édition contient les deux marques des Hardouin, au commencement et à la fin du volume, 18 grandes et moyennes et quelques petites figures, et des bordures, où l'on remarque la danse des morts.

Les feuillets b_1 et b_8 manquent. Un coin des deux premiers feuillets (où le texte est atteint) et une partie de la marge des feuillets f_3 et f_4 sont refaits.

Les premiers et derniers feuillets du volume sont défraichis et salis.

L'enluminure de quelques figures a légèrement souffert.

47. **Josephus** (Flavius). Histoire des Juifs [et Histoire de la guerre des Juifs contre les Romains et sa vie écrite par luy-mesme], traduite sur l'original grec sur divers manuscrits, par Monsieur Arnauld d'Andilly. Nouvelle édition. *A Amsterdam, chez Pierre Mortier.* 1700. 2

parties en 1 vol. in-folio, figures, veau fauve, dos orné, tr. jasp. (*Rel. anc.*).

Ouvrage orné d'un frontispice, de 2 cartes, d'une planche hors texte et d'un grand nombre de figures dans le texte, gravées en taille-douce.

Un certain nombre de figures de la deuxième partie sont signées des lettres A S. Elles doivent être attribuées à *Anton Santvoort*, un élève de Rembrandt.

Le frontispice, rogné et abîmé sur les bords, est remonté. Le feuillet, paginé 613-615, a un trou. 12 feuillets, au commencement du volume sont légèrement mouillés.

48. **Journal des dames** et des modes (publié par La Mésangère). XVIe et XVIIIe années (incomplètes). *Paris*, 1812-1814, 2 vol. in-8, figures, demi-rel. basane fauve, tr. jaunes (*Rel. de l'époque*).

Nous avons de la XVIe année (1812) les n°s 1 à 6, 25 à 42, 55 à 72 contenant les planches n°s 1197 à 1203, 1225 à 1245, 1260 à 1280 ; et de la XVIIIe année (1814) les n°s 1 à 12, 14 à 18, 31 à 34, 36 à 39, 41 à 42, 45 à 62, 64, 66 et les planches 1365 à 1378, 1380 à 1385, 1400 à 1404, 1406 à 1410, 1412 à 1413, 1415 à 1439, 1441.

Ensemble 107 gravures de modes coloriées.

Le premier feuillet de texte du n° 1 de l'année 1814 manque.

49. **Komste** van zyne Majesteit Willem III. Koning van Groot Britanje, enz. in Holland ; ofte omstandelyke beschryving van alles, het welke op des zelfs komste en geduuren de zyn verblyf, in's Graavenhaage en elders, ten teeken van vreugde en eere, is opgerecht en voorgevallen. Vercierd met kopere plaaten. *In's Graavenhaage, by Arnoud Leers*. 1691. In-fol., veau brun, tr. jasp. (*Rel. anc.*).

Relation du voyage de Guillaume III d'Angleterre en Hollande et de la réception qui lui a été faite, ornée d'un frontispice et de 14 planches (dont 11 doubles), dues à *Romain de Hooghe* et d'un beau portrait du roi, gravé par *P. de Gunst* d'après *Joh. Brandon*.

Premier tirage. L'édition française parut en 1692.

50. **La Bruyère.** Les Caractères de Theophraste traduites du grec : avec les caractères ou les mœurs de ce siècle (par La Bruyère). Seconde édition. *A Paris, chez*

Estienne Michallet, ruë S. Jacques, à l'Image S. Paul. 1688. In-12, de 30 ff. prélim., 308 pp. chiff. et 2 ff. non chiff. pour l'errata et le privilège, veau marb. (*Rel. anc.*).

Exemplaire du PREMIER TIRAGE de la seconde édition originale, mais de second état (voir Catalogue Rochebilière, nº 611).

La marge du haut du titre a été découpée.

51. **La Chausse** (Michel Ange de). Le grand Cabinet romain ou recueil d'antiquitez romaines, qui consistent en bas reliefs, statues des dieux et des hommes, instruments sacerdotaux, lampes, urnes, seaux, brasselets etc. etc., que l'on trouve à Rome. Avec les explications de Michel Ange de la Chausse. *A Amsterdam, chez François L'Honoré, & Zacharie Chastelain le Fils.* 1706. In-folio, veau brun (*Rel. anc.*).

L'ouvrage renferme un frontispice gravé et 43 planches contenant 160 sujets.

Le frontispice et 2 ff. sont détachés de la reliure.

52. **La Fontaine.** Contes et nouvelles en vers. *A Amsterdam* (*Paris*). 1762. 2 vol. pet. in-8, figures, veau marb., fil., dos orné, dent. int., tr. dor. (*Affolter*).

Edition, dite des *Fermiers généraux*, ornée des portraits de La Fontaine d'après *Rigaud*, gravé par *Ficquet*, d'*Eisen* d'après *Vispré*, gravé par *Ficquet*, et de Choffard en cul-de-lampe, fait par lui-même, de 80 figures par *Eisen*, gravées par *Aliamet* et autres, de 4 vignettes et 53 culs-de-lampe par *Choffard*.

Exemplaire auquel on a ajouté 9 figures refusées.

53. **La Fontaine.** Contes et nouvelles en vers. De M. De La Fontaine. *A Paris, chez Claude Barbin.* 1667. 6 ff. prélim. paginés, 45 (sur 46) ff., paginés 1-92 et 1 f. pour le privilège. — Deuxiesme partie des contes et nouvelles. En vers. De M. De La Fontaine. *Ibid., id.*, 1667. 6 ff. prélim. pagin., 80 ff. paginés 1-160 et 2 ff. pour le privilège. — Ens. 2 parties en 1 vol. in-12, veau brun, tr. jasp. (*Rel. anc. très fatiguée*).

Edition originale de 1665-1666, avec de nouveaux titres.

Le feuillet D_2 et le feuillet blanc de la première partie manquent.

Le volume est très fatigué et dérelié.

On y a joint :

Contes et nouvelles en vers de M. De La Fontaine. Troisiesme partie. *A Paris, chez Claude Barbin.* 1671. In-12, 190 (sur 192) pages, veau brun, tr. jasp. (*Rel. anc., abimée*).

Cette édition est une contrefaçon de l'édition Barbin de la même date. Elle semble imprimée en Hollande peut-être pour Barbin lui-même (Voir : Rochambeau (Cte de). *Bibliographie des œuvres de La Fontaine*, col. 1671, n° 17). Le dernier feuillet manque.

54. **La Fontaine.** Les Amours de Psiche et de Cupidon. par M. de La Fontaine. *A Paris, chez Claude Barbin.* 1669. In-8, de 12 ff. prélim. et 500 pages chiff., veau fauve, tr. jasp. (*Rel. anc., très fatiguée*).

Edition originale.

Le poème *Adonis*, qui occupe les pages 441-500, parait aussi dans ce volume pour la première fois.

La reliure est à remplacer.

55. **La Fontaine.** Contes et nouvelles en vers. *S. l.* (*Paris*). 1777. 2 vol. in-8, figures, basane marb., tr. roug. (*Rel. anc.*).

2 frontispices par *Vidal*, 2 fleurons, 1 portrait de La Fontaine, gravé par *Macret* d'après celui de *Ficquet*, 43 culs-de-lampe et 80 figures gravées d'après celles de *Eisen*.

Taches aux cinq premiers feuillets du tome premier.

56. **La Fontaine.** Fables choisies, mises en vers par M. De La Fontaine, & par luy reveuës, corrigées & augmentées. Tome premier. *A Paris, chez Denys Thierry, et Claude Barbin.* 1678. In-12, mar. rouge, compart. de fil. à la Du Seuil, fleurs de lis aux angles, dos fleurdelisé, doubl. de mar. rouge, pet. dent., compart. de fil. à la Du Seuil, fleurs de lis aux angles, tr. dor. (*Rel. anc.*).

Réimpression de l'édition Barbin Thierry de 1668.

Figures gravées en taille-douce par *Fr. Chauveau.*

On a relié dans le volume, qui est fatigué, le feuillet d'errata qui se trouve ordinairement dans le second volume.

57. **La Fontaine.** Contes et nouvelles en vers. *A Paris, de l'imprimerie de P. Didot l'aîné.* 1795. 2 vol. in-12,

figures, mar. rouge à longs grains, fil. et petite bordure formée d'anneaux entrelacés, dent. int., tr. dor. (*Bozérian jeune*).

84 gravures avec légendes, y compris le portrait gravé par *Mossa*, et 1 portrait gravé par *Delvaux*. Ce sont des copies, en contre-partie, des figures de l'édition des Fermiers généraux.

58. **Livres illustrés du XVIIIe siècle.** 4 vol. in-12 et in-8, reliés.

Boisard. Fables. *Paris, Lacombe*. 1773. 1 front., 1 fleuron et 1 cul-de-lampe par *Monnet*, gravés par *Saint-Aubin*. — Du Rosoi. Henri IV. Drame lyrique, en trois actes. *Paris, Vente*. 1774. 1 front. par *Gazard*, gravé par *Patas*, 3 fig. de *Larrieu* et *Gazard*, gravées par *Patas* (sans les 20 pages gravées de musique). — Gessner. Idylles et poëmes champêtres, traduits de l'allemand par M. Huber. *Lyon, Bruyset*. 1762. 1 front. gravé par *Watelet* d'après *Lavallé-Poussin*, et 12 fleurons ou culs-de-lampe gravés par *Watelet* et *Marguerite Lecomte* d'après *Lavallé-Poussin* et *Pierre*. — Anacréon, Sapho, Bion et Moschus, traduction nouvelle en prose, suivie de la Veillée des fêtes de Vénus et d'un choix de pièces de différents auteurs, par M. M*** C*** (Moutonnet de Clairfond). *Paphos et se trouve à Paris chez Bastien*. 1773. 2 figures-frontispices par *Eisen*, gravées par *Massard* et *Duclos*, 12 vignettes et 13 culs-de-lampe par *Eisen*, gravés par *Massard* (Le titre de l'ouvrage manque).

59. **Longus.** Les Amours de Daphnis et Chloé. Nouvelle édition. Avec figures dessinées par Binet, et gravées par Blanchard. (*Paris*) *Imprimerie de Patris*. 1795. In-18, figures, mar. grenat, fil., dos orné, dent. int., doubl. et gardes de soie violette, tête dor., non rog. (*Rel. mod.*).

1 frontispice et 4 figures dessinées par *Binet*, gravées par *Blanchard*.

Exemplaire sur papier vélin, contenant les figures avant la lettre et les numéros.

60. **Marolles** (Michel de), abbé de Villeloin. Tableaux du Temple des Muses représentant les vertus et les vices, sur les plus illustres fables de l'antiquité. Par

M. de Marolles, Abbé de Villeloin. *A Paris*. 1655. *A Paris, chez Pierre Mariette*. In-fol., dos et coins basane fauve, tr. rouges (*Rel. anc.*).

Recueil des gravures seules, comprenant un titre-frontispice, 1 beau portrait de Favereau, aux frais duquel l'ouvrage fut imprimé, et 59 planches gravées sur les dessins de *Abr. Diepenbeck* et de *P. Brebiette* par *Corn. Bloemart*, aidé par *Matham*, qui grava tous les lointains et les paysages à l'eau-forte et même aussi plusieurs planches en entier.

Ni Brunet, ni Le Blanc, *Manuel*, I, p. 376, ne signalent le portrait de Favereau.

Premier tirage.

Le frontispice est rogné au filet et remonté. Légères mouillures à quelques planches.

61. **Martin.** Le Maistre d'armes ou l'abrégé de l'exercice de l'épée, démontrée par le sieur Martin, maistre en fait d'armes de l'Académie de Strasbourg. Orné de figures en taille-douce. *A Strasbourg, chez l'auteur*. 1737. In-12, dos et coins mar. brun, fil., dos orné.

Ouvrage orné de 16 figures gravées en taille-douce.

Exemplaire non rogné.

62. **Missel de Paris,** latin-françois, imprimé par ordre de Monseigneur l'Archevêque. *Paris, Jean Thomas Hérissant*. 1739. 3 vol. in-12, mar. vert à longs grains, dent. dor. et à froid, milieu à froid, tr. dor. (*Rel. romant.*).

63. **Montaigne** (Michel de). Les Essais de Michel Seigneur de Montaigne. Edition nouvelle enrichie dannotations en marge. Corrigée & augmentée d'un tiers outre les précédentes impressions. *A Rouen, chez Jean Osmont*. 1617. Un tome divisé en 3 parties in-8, veau marbré, tr. roug. (*Rel. anc.*).

Titre frontispice gravé et 1 portrait de Montaigne.

64. **Muller** (Alex.). Theorie sur l'escrime à cheval, pour se défendre avec avantage contre toute espèce d'armes blanches; ornée de 51 planches en taille-douce. *A*

Paris, chez Cordier. 1816. Pet. in-4, demi-rel. basane brune.

L'ouvrage contient 51 planches gravées sur cuivre, dont la première coloriée.

Déchirure aux planches 9 et 23. Cachet sur le titre.

On a relié avec l'ouvrage les brochures suivantes du même auteur :

Dissertation sur l'équitation et le maniement des armes à cheval, suivie d'un examen critique de la cavalerie ancienne et moderne. *Paris, Ancelin et Pochard,* 1821. — Lettre à Sa Majesté Charles X. *Lunéville, s. d.* (1824). — Lettres à Son Excellence Mgr le Duc de Bellune. *Chartres* (1822).

65. **Mythologie des dames,** par M. Brès. *Paris, Louis Janet, s. d.* In-18, figures, veau rouge, fil., dent. et milieu à froid, tr. dor.

Titre gravé avec vignette coloriée et 9 figures hors texte, gravées en couleurs.

66. **Nogaret** (F.). L'Aretin français, par un membre de l'Académie des Dames (suivi des Épices de Vénus). *A Londres.* 1803. In-18, broché, non rogné.

1 frontispice et 18 figures.

Défraîchi. Taches aux derniers feuillets.

67. **Office de la semaine sainte,** latin et françois, à l'usage de Rome et de Paris. Nouvelle édition. *A Paris, chez Antoine Dezallier.* 1701. In-8, mar. rouge, dent. à petits fers, dos orné, dent. int., tr. dor. (*Rel. anc.*).

Dentelle à petits fers ornée de petits soleils et à chaque coin d'un lion.

La reliure est fatiguée.

68. **Officium** b. Mariae virginis, nuper reformatum, et Pii V. Pont. Max. iussu editum. *Antverpiae, ex officina Christophori Plantini.* 1573. (A la fin :) *Antverpiae Excudebat Christophorus Plantinus,* 1575. Gr. in-8, figures, veau fauve, milieu et coins ornés et semis de petits fers, dos orné, tr. dor. (*Rel. de l'époque*).

Edition ornée de belles figures par *Petrus vander Borcht,*

gravées sur cuivre par *Hieronymus Wierx*; elles sont ici en premier tirage. La dernière figure est signée des noms entiers, les autres des monogrammes (Nagler, *Monogr.* III, nº 2617).

Une figure sur le titre gravée sur bois, porte le monogramme de *Assuerus van Londerseel.* (*Nagler*, I, nº 1459).

Mouillures.

Le dos de la reliure est très abîmé.

69. **Philostrates** (Les). Les Images ou tableaux de platte peinture des deux Philostrates, sophistes grecs, et les Statues de Callistrate, mis en françois par Blaise de Vigenere Bourbonnois enrichis d'arguments et annotations, reveus et corrigez sur l'original... et representez en taille douce en cette nouvelle édition. Avec des épigrammes sur chacun d'iceux par Artus Thomas sieur d'Embry. *Paris, veufve Abel l'Angelier.* 1614. In-folio, réglé, basane brune (*Rel. anc., fatiguée*).

Exemplaire sur GRAND PAPIER.

Figures sur cuivre gravées par *Jaspar Isac, Léon. Gaultier, Thomas de Leu* d'après l'invention *d'Antoine Charon.*

Vignettes en-têtes gravées sur bois, d'un artiste au monogramme PC (Nagler, *Monogr.* IV, 2858).

70. **Prévost** (L'abbé). Histoire de Manon Lescaut et du chevalier Des Grieux. *Paris, P. Didot l'ainé.* 1797. 2 vol. in-18, figures, mar. vert, pet. dent., tête dor., (*Rel. anc.*).

8 jolies figures par *Lefèvre*, gravées par *Coiny*.

71. **Racine.** Œuvres de Racine. Tome II. *A Paris, chez Pierre Trabouillet.* 1680. 1 frontispice, 5 (sur 6) ff. prélim., 324 pp. chiff., 3 pp. non chiff. pour deux *Extraits de privilège* et 4 figures par Chauveau. — **Racine**. Phedre & Hippolyte. Tragédie. Par M. Racine. *A Paris, chez Claude Barbin.* 1677. 6 ff. prélim., dont le frontispice, et 74 pp. chiff. — Ens. 2 ouvrages en 1 vol. in-12, demi-rel. basane noire, dos orné, tr. jasp. (*Rel. romant.*).

Tome II seul de l'édition originale des *Œuvres*.

Un des exemplaires de la première émission de 1675-1676, qui, restés dans le magasin de Jean Ribou, furent vendus après sa mort par Pierre Trabouillet, avec un nouveau titre, daté de 1680.

Le faux-titre de *Berenice* manque.

Deuxième édition originale de *Phèdre et Hippolyte.*

Le feuillet blanc à la fin de cette pièce manque.

Noms sur le frontispice et le titre du second volume des *Œuvres.*

72. **Racine.** Œuvres, avec des commentaires de M. Luneau de Boisjermain. *Paris, Collot.* 1768. 7 vol. in-8, figures, veau fauve, fil., tr. roug. (*Rel. anc.*).

1 portrait par *Santerre*, gravé par *Gaucher*, et 12 figures de *Gravelot*, gravées par *Duclos, Flipart, Lemire, Lempereur, Née, Prévost, Rousseau* et *Simonet.*

73. **Recueil** des meilleurs contes en vers. *Londres* (*Paris, Cazin*). 1778, 4 vol. in-18, mar. bleu, 2 fil. sur les plats et le dos, tr. dor. (*Girard, à Angers*).

Ce recueil, connu sous le nom de *Petits Conteurs*, contient 1 portrait de La Fontaine et 116 vignettes, attribuées à *Duplessi-Bertaux* et *Durand.*

74. **Réglements** et ordonnances royaux relatifs aux monnaies. *Pars*, 1540-1643. 30 plaquettes et 3 placards, reliés en 1 gros volume in-8, vélin (*Rel. anc.*).

Figures de monnaies, gravées sur bois.

Mouillures et moisissures.

75. **Reliures anciennes** en mar. rouge avec armoiries, des XVIIe et XVIIIe siècles. 5 vol. in-12.

Office de la Semaine sainte. *Paris.* 1659. Filets, plats et dos entièrement ornés d'un semis de fleurs de lis et du chiffre de Louis XIV. — Semaine sainte. *Paris.* 1712. Fil., aux armes et chiffres de Philippe d'Orléans, frère de Louis XIV. — Semaine sainte. 1752. Filet, aux armes de Marie Josephe de Saxe. — Semaine sainte. 1786. 2 exemplaires aux armes de Louis XVI, avec petite dentelle.

Reliures fatiguées.

76. **Reliures anciennes.** 7 vol. in-12 et in-16.

Breviarium Narbonense. Pars aestivalis. *Paris,* 1709, mar. rouge, dent., doubl. et gardes de soie bleue. — Nou-

VEAU TESTAMENT. *Mons*, 1668, mar. rouge, compart. de fil. à la Du Seuil, fleurons aux angles. — BREVIARIUM Rotomagense. Pars aestiva. *Rotomagi.* 1736, mar. rouge, dentelle à petits fers. — EPITRES et évangiles. Seconde partie. *Paris*, 1752, mar. vert, fil. — OFFICIUM B. Mariae Virg. *Paris*, 1671, chagrin noir, fermoirs (fatig.). — SEMAINE SAINTE. *Paris*, 1743, in-16, mar. Lavallière, dentelle (fatig.). — Etc.

77. **Reliures anciennes** de la fin du XVIIIe et du début du XIXe siècle. 9 vol., dont 7 in-12 et 2 in-16, mar. rouge ou vert à longs grains, dentelle ou fil., tr. dor.

Réunion de Paroissiens, heures ou livres de prières.

78. **Restif de la Bretonne.** Les Dangers de la Ville, ou histoire effrayante ét morale d'Ursule, dite la Paysaneperverties, mise nouvellement au jour d'après les véritables Lettres des personnages, fournies par Pierre R**, frère-aîné d'Ursule ét d'Edmond. Et publiée par l'auteur du Paysan-perverti. *Imprimé à la Haye. Et se trouve à Paris.* 1784. 8 parties en 4 vol. in-12, figures, demi-rel., veau olive, dos orné, tr. jasp. (*Brigandat*).

Première édition de la *Paysane-pervertie.*

38 figures, dont 8 frontispices, par *Binet*, gravées par *Berthet*, *Giraud le jeune* et *Leroy*.

Le texte étant court de marges, les planches ont été pliées sur le côté.

Les volumes sont fatigués.

79. **Restif de la Bretonne.** Les Françaises ou XXXIV exemples choisis dans les mœurs actuelles, propres à diriger les filles, les femmes, les épouses & les mères. *A Neufchâtel, et se trouve à Paris, chés Guillot.* 1786. 4 vol. in-12, figures, brochés.

34 gravures numérotées, dont 2 signées *Binet del.*, *E. Giraud l'aîné seul.*

Exemplaire NON ROGNÉ.

80. **Restif de la Bretonne.** Le même ouvrage. 4 vol. veau marb., tr. rouges (*Rel. anc.*).

Nom sur les titres. Piqûres de vers dans la marge du tome III.

81. **Roses** (Les). Etrennes aux dames. Troisième édition. *A Paris, chez Rosa.* 1818. In-16, figures, veau fauve, pet. dent., tr. dor. (*Rel. de l'époque*).

Titre gravé avec une jolie vignette coloriée et 18 figures de roses gravées en couleurs ou coloriées.

82. **Roucher**. Les Mois, poëme, en douze chants. *A Paris, de l'imprimerie de Quillau.* 1779. 2 vol. in-4, figures, veau marb., fil. à froid, dos orné, tr. rouges (*Rel. anc.*).

5 très belles figures par *Cochin*, *Marillier* et *Moreau* gravées par *Gaucher*, *Ponce* et *Simonet*.

83. **Rousseau** (Jean-Jacques). La Nouvelle Héloïse, ou lettres de deux amans habitans d'une petite ville au pied des Alpes : recueillies et publiées par J.-J. Rousseau. Nouvelle édition, revue, etc. *A Neuchâtel, et se trouve à Paris, chez Duchesne.* 1764. 4 vol. in-12, figures, veau marbré (*Rel. anc.*).

1 frontispice de *Cochin*, gravé par *De Longueil* et 12 figures de *Gravelot*, gravées par *Aliamet*, *Choffard*, *Flipart*, *Lemire*, *Lempereur* et autres.

84. **Rousseau** (J.-J.). Œuvres choisies. *A Londres, s. d.* (vers 1783). 15 vol. pet. in-8, figures, veau marbr., tr. marbr. (*Rel. anc.*).

1 portrait et 26 figures de *Marillier*, gravées par *de Ghendt*, *Dambrun*, *de Longueil*, *Halbou*, *Ingouf*, *de Launay*, *Macret*, *Ponce*, *Trière*.

85. **Royaumont** (de). L'Histoire du vieux et du nouveau Testament, représentée avec des figures & des explications édifiantes, tirées des SS. PP. pour régler les mœurs dans toute sorte de conditions. *A Paris, chez Pierre le Petit.* 1670. 2 parties en 1 vol. in-4, basane brune (*Rel. anc., très fatiguée*).

Premier tirage.
Les pages 1-10 sont déchirées et abîmées dans les marges.
Note sur le titre.

86. **Saint-Pierre** (Bernardin de). Paul et Virginie. *A Paris, de l'Imp. de P. Didot l'aîné.* 1806. In-4,

figures, cartonn., non rogné et non coupé (*Cart. de l'époque*).

6 (sur 7) gravures, dont le portrait, par *Lafitte, Gérard, J.-M. Moreau le jeune, P.-P. Prudhon, Isabey*, gravées par *J.-F. Ribault, Bourgeois de la Richardière, Mecou, J.-E. Prot, B. Roger*.

La planche *Passage du torrent* manque.

87. **Scarron.** Le Roman comique. Edition ornée de figures dessinées par Le Barbier, et gravées sous sa direction. *De l'imprimerie de Didot jeune. A Paris, chez Janet [et] Hubert. L'an quatrième* (1796). 3 vol. gr. in-8, demi-rel., chagrin noir, non rog.

1 portrait gravé par Lemire et 15 figures de *Le Barbier*, gravées par *Baquoy, Dambrun, Duclos, Hubert, Patas, Petit, Romanet* et *Simonet*.

Bel exemplaire, non rogné.

88. **Simonneau fils** (Ph.). Médailles de la Reine (Marie Leszinska). (A la fin :) Ph. Simonneau filius del. et sculpsit. 1725. *Ce vend a Paris Chez le Sr Simonneau, rue de Bievre*, etc. Pet. in-4, broché.

1 frontispice et 11 planches chiffres, contenant des emblèmes relatifs à la vie et les vertus de la reine Marie Leszinska. Le médaillon du frontispice contient son portrait. Le Bon Portalis et Beraldi, *Les Graveurs du XVIIIe siècle*, III, 2e partie, p. 561, citent le titre de la suite, comme suit : *Suite d'emblèmes en l'honneur de la reine Marie Leckzinska.* Nous ignorons, si ce c'est un autre tirage ou s'il nous manque le titre.

89. **Ternisien d'Haudricourt**. Fastes de la nation française. Ouvrage présenté au Roi, etc. *A Paris, chez Decrouan. S. d.* (1825). 3 vol. in-folio, demi-rel., mar. rouge à long grains, plats papier rouge, pet. dent., dos orné, tr. dor. (*Rel. de l'époque*).

Deuxième tirage, augmenté de planches relatives à Charles X.

1 titre et 1 frontispice gravés se répétant en tête de chaque volume, 212 planches, y compris celles qui ne contiennent qu'un texte gravé, et 4 ff. de table.

Reliures fatiguées.

90. **Tibulle.** Elegies de Tibulle. (Suivies des Baisers de

Jean Second et de Contes et nouvelles). Par Mirabeau. Avec 14 figures. *A Paris, rue S. André-des-Arts.* An VI. 1798. 3 vol. in-8, veau jaspé, fil., tr. jaunes (*Rel. anc.*).

1 portrait de Mirabeau par *Borel*, gravé par *Voysard*, celui de Sophie de Ruffey, par *Borel*, gravé par *Elluin* et 13 figures dont 12 par *Borel*, gravées par *Elluin* et 1 par *Marillier*, gravée par *Dupréel*.

Cohen n'indique que 12 figures.

Une figure est légèrement tachée d'encre.

91. **Voltaire.** La Pucelle d'Orléans, poëme en vingt-un chants, avec des notes, auquel on a joint plusieurs pièces qui y ont rapport. *A Londres.* (*Paris, Cazin*). 1780. 2 tom. en 1 vol. pet. in-8, figures, veau gris, fil., plaque à froid, tr. dor. (*Rel. romantique*).

Exemplaire imprimé sur GRAND PAPIER.

1 frontispice et 21 jolies vignettes en-têtes, par *Duplessi-Bertaux*, non signées.

On y a joint 2 portraits de Voltaire, remontés.

Sur le feuillet de garde, une note de Charles Nodier.

92. **Voltaire** Œuvres. Tome onzième. (*Kehl*). *De l'imprimerie de la Société littéraire typographique.* 1785. In-8, figures, mar. olive, petite dent., dos orné, dent. int., tr. dor. (*Rel. anc.*).

Ce volume contient la *Pucelle d'Orléans*, avec 5 portraits et 21 figures par *Moreau*.

LIVRES MODERNES

93. **Abrantès** (Duchesse d'). Mémoires sur la Restauration, ou souvenirs historiques sur cette époque, la révolution de 1830 et les premières années du règne de Louis-Philippe. *Paris, Boulé et Cie*. 1838. 6 vol. in-8, cartonn., dos toile verte, non rognés.

Raccommodages aux faux-titre et titre du tome premier. Légères taches et mouillures.

94. **Aretino** (Pietro). Les Dialogues du divin Pietro Aretino, entièrement et littéralement traduits pour la première fois. *Paris, Isidore Liseux*. 1879-1880. 2 tomes en 6 parties, reliées en 3 vol. in-18, figures, demi-rel., mar. citron, tête dor., non rognés.

Tiré à 350 exemplaires (n° 26).

L'édition est imprimée sur papier de Hollande et contient des figures hors texte par *J. Dänki*, gravées par *A. Prunaire*.

95. **Badauderies parisiennes**. Les Rassemblements. Physiologies de la rue observées et notées par Paul Adam, Alfred Athys, Victor Barrugand, Tristan Bernard, etc., etc. Prologue par Octave Uzanne. Gravures hors texte de Félix Valloton. Vignettes dans le texte par François Courboin. *A Paris. Imprimé pour les Bibliophiles indépendants*. 1896. Pet. in-4, broché.

Ouvrage tiré à 220 exemplaires (n° 70), sur papier vélin.

96. **Balzac** (Honoré de). Histoire de la grandeur et de la décadence de César Birotteau, parfumeur, chevalier de la Légion-d'honneur, adjoint au maire du 2e arrondissement de la ville de Paris ; nouvelle scène de la Vie parisienne par M. de Balzac. *Paris, chez l'éditeur*. 1838. 2 tomes en 1 vol. in-8, cartonn., dos et coins mar. grenat, tête dorée, ébarbé (*Magnin*).

ÉDITION ORIGINALE.

97. **Balzac** (Honoré de). Balzac illustré. La Peau de chagrin. Etudes sociales. *Paris, H. Delloye, Victor Lecou*. 1838. Gr. in-8, dos et coins chagrin noir, gros fil., dos orné, tr. marb. (*Rel. de l'époque*).

100 vignettes gravées en taille-douce dans le texte, d'après les dessins de *Gavarni*, *Baron*, *Janet-Lange*, et 2 portraits hors texte, sur Chine ; lesquels manquent souvent.

Exemplaire de PREMIER TIRAGE.

Légères taches de rousseur.

98. **Balzac** (Honoré de). Les Contes drolatiques colligez ez abbayes de Touraine et mis en lumière par le sieur de Balzac pour l'esbattement des Pantagruelistes et non aultres. Cinquiesme édition illustrée de 425 dessins

par Gustave Doré. *Se trouve à Paris, ez bureaux de la Société générale de librairie.* 1855. In 8, demi-rel. chagrin La Vallière, dos orné, plats parchemin, tr. marb.

PREMIER TIRAGE des illustrations de *Gustave Doré.*

99. **Barbey d'Aurevilly** (Jules). Une vieille maîtresse. *Paris, Alexandre Cadot.* 1851. 3 vol. in-8, demi-rel. chagrin rouge.

EDITION ORIGINALE.
Reliures très fatiguées.

100. **Barbey d'Aurevilly** (Jules). Le Chevalier Des Touches. Dessins de Julien Le Blant gravés par Champollion. *Paris, Lib. des bibliophiles.* 1886. In-8, broché.

101. **Baudelaire** (Charles). Les Paradis artificiels. Opium et Haschisch. *Paris, Poulet-Malassis et DeBroise.* 1860. In-12, cartonn. dos et coins toile verte, non rogné (*Couvert.*).

EDITION ORIGINALE.

102. **Baudelaire.** Charles Baudelaire. Souvenirs. Correspondances. Bibliographie. Suivie de pièces inédites. *Paris, chez René Pincebourde.* 1872. In-8, dos et coins mar. bleu, fil., non rogné (*Couvert.*).

ÉDITION ORIGINALE.
Exemplaire sur GRAND PAPIER VERGÉ.
Publié par les soins de Poulet-Malassis. La biographie est de Charles Cousin et la bibliographie du vicomte de Spoelberch de Lovenjoul.

103. **Béranger** (P.-J. de). Chansons anciennes, nouvelles et inédites, avec des vignettes de Devéria et des dessins coloriés d'Henri Monnier. Suivies des procès intentés à l'auteur. *Paris, Baudouin frères.* 1828. 2 tomes en 1 vol. in-8, veau vert, dent. et milieu à froid, tr. jasp. (*Armand*).

7 des 40 lithographies d'Henri Monnier manquent (n°s 21, 26, 28, 31, 35, 37, 39).
L'*Aveugle de Bagnolet* (n° 29) s'y trouve deux fois.
Reliure fatiguée.

104. **Béranger.** Chansons. Édition revue par l'auteur, contenant cinquante-trois gravures sur acier d'après Charlet, A. de Lemud, Johannot, Grenier, Jacques, Pauquet, Penguilly, de Rudder, Raffet, Sandoz, les dix chansons publiées en 1847 et le fac-simile d'une lettre de Béranger. *Paris, Perrotin.* 1859. 2 vol. — Dernières Chansons de P.-J. Béranger de 1834 à 1851, avec une lettre et une préface de l'auteur. *Ibid., id.* 1857. — Ma Biographie. Ouvrage posthume de P.-J. Béranger, avec un appendice et un grand nombre de notes inédites de Béranger sur ses chansons. Deuxième édition. *Ibid., id.* 1858. Portrait en pied de Béranger par Charlet. — Musique des chansons de Béranger. Airs notés anciens et modernes. Septièmeé dition, augmentée de la musique des chansons publiées en 1847 et de trois airs avec accompagnement de piano par Halévy et Mme de Mainvielle-Fodor. *Ibid., id.*, 1858. — Ensemble 5 vol. gr. in-8, demi-rel. chagrin noir.

Première édition des *Dernières chansons*.

On a intercalé dans les *Dernières chansons* les 14 figures et dans *Ma Biographie* la photographie et 7 (sur 8) figures, publiées en 1860 par Perrotin.

Les planches de l'*Ascension* et du *Chapelet du bonhomme* des *Dernières chansons* sont de premier tirage (avec l'adresse de Gilquin et Dupain).

La planche *La Closerie de Lilas* de *Ma Biographie* manque. La photographie a été placée par erreur en tête des *Dernières chansons*.

Petites taches de rousseur.

105. **Bérat** (Frédéric). Chansons. Paroles et musique de Frédéric Bérat. Illustrations par T. Johannot, Raffet, Bida, Gendron, Lancelot, Mouilleron, E. Leroux, Pauquet, A. Marsaud, Grenier, C. Nanteuil, Gérard, Seguin, H. Potin. Gravées sur bois par Jardin. Portrait de l'auteur, dessiné par Victor Pollet et gravé par Auguste Blanchard. *Paris, Alexandre Curmer. S. d.* In-8, dos et coins mar. bleu, tête dorée, non rogné (*Couvert.*).

Ouvrage devenu rare.

La couverture et le faux-titre sont fatigués.

106. **Bergerat** (Émile). L'Espagnole. Illustrations de Da-

niel Vierge, gravées sur bois par Clément Bellenger. *Paris, Librairie L. Conquet.* 1891. In-16, broché.

Exemplaire (n° 63) sur PAPIER DE CHINE contenant le TIRAGE A PART des illustrations.

107. **Bible** (La Sainte), ou abrégé de l'Ancien et du Nouveau Testament d'après la Vulgate. Ornée de 56 gravures. *Paris, Thiériot.* 1827. In-8, veau rouge, fil. et angles dorés, milieu orné de fers dorés et à froid, dos orné, dent. int., tr. dor. (*Lepré*).

Reliure de l'époque.

1 titre gravé et 56 figures, y compris le frontispice, dessinées par *Marillier, C. Monnet, Sergent,* gravées par *Duflos.*

108. **Boissier** (Emile). Esquisses et fresques. Avec une lithographie de Jules Boissier. *Nantes, F. Salières.* 1894. In-8, broché.

Exemplaire orné sur 22 pages de DESSINS A LA PLUME et AQUARELLES ORIGINALES de JULES BOISSIER et auquel on a ajouté une couverture en parchemin, ornée de dessins à la plume par le même artiste.

109. **Bouchot** (Henri). Les Femmes de Brantôme. Ouvrage orné de 30 planches hors texte et de nombreuses gravures dans le texte, reproduites d'après les originaux. *Paris, Maison Quantin.* 1890. Gr. in-8, broché.

110. **Bruant** (Aristide). Dans la rue. Chansons et monologues. Dessins de Steinlen. *Paris, Aristide Bruant. S. d.* (1889). — **Même ouvrage**, même édition. Un des 50 exemplaires sur Japon (n° 45). — **Même ouvrage**. Edition définitive. Un des 100 exemplaires sur Japon (n° 119). — Dans la rue. Deuxième volume. Chansons et monologues. Dessins de Steinlen. *Ibid., id., s. d.* Un des 150 exemplaires sur Japon (n° 31). — Ens. 4 vol. in-12, brochés.

ÉDITIONS ORIGINALES, sauf l'édition définitive du premier volume de la série « *Dans la rue* ». Cette dernière offre, au point de vue de l'illustration, quelques différences avec l'édition originale.

Ces quatre volumes portent sur un feuillet de garde ou le faux-titre, en écriture autographe d'Aristide Bruant, un ou deux couplets du *Marchand d'crayon*, chanson qui fait partie du troisième recueil de « *Dans la rue* ».

On joint une plaquette intitulée : Aristide Bruant, par Oscar Méténier. Dessins de Steinlen. *Paris, au Mirliton*, 1893 ; et 2 lettres autographes de Bruant, relatives aux volumes.

111. **Bruant** (Aristide). Chansons et monologues. *Paris, H. Geffroy. S. d.* (1895). Gr. in-8, figures, en livraisons.

Illustrations de *Steinlen*. 150 livraisons ; quelques-unes sont en double.

112. **Bruant** (Aristide). Sur la route. Chansons et monologues. Dessins de Borgex. *Paris, Aristide Bruant. S. d.* — Dans la rue. Deuxième volume. Chansons et monologues. Dessins de Steinlen. *Ibid., id., s. d.* — Ens. 2 vol. in-12, brochés.

Éditions originales.
Exemplaires sur Japon (nos 72 et 52).

113. **Cabanon** (Émile). Un Roman pour les cuisinières. *Paris, Eugène Renduel.* 1834. In-8, figure, cartonn., toile verte, non rogné (*Pierson*).

Édition originale.
Lithographie de *Camille Rogier*, sur Chine monté.
Légère mouillure.

114. **Camuset** (Georges). Les Sonnets du docteur. Troisième édition. *Paris, chez la plupart des Libraires*. 1893. In-8 carré, figure, broché.

3 eaux-fortes de *Félicien Rops*, dont une sur la couverture, et 1 fac-simile (lettre de Monselet).

115. **Cervantes.** L'ingénieur chevalier Don Quixote de la Manche. *A Paris, chez Th. Desoer*. 1821. 4 vol. in-18, figures, brochés.

L'édition contient 1 carte et 12 vignettes, y compris celles des titres, gravées par *Vallot, Simonet jeune, Ruhierre*, d'après *Devéria*.
Exemplaire non rogné ; cachets sur le titre.

116. **Chants et chansons populaires de la France.** [Notices par M. du Mersan]. (*Paris*) *H.-L. Delloye, éditeur, Li-*

brairie de Garnier, frères. 1843. 3 séries en 1 vol. gr. in-8, chagrin rouge, deux rangs de fil., dos orné, dent. int., tête dor.

PREMIER TIRAGE contenant les couvertures de la première et seconde séries, imprimées en or et couleurs et 16 couvertures de livraisons.

La couverture de la troisième série manque.

Les dessins des illustrations sont de *Daubigny, Grandville, Meissonier.*

On a intercalé dans un volume le *Chant du départ* de la réimpression de 1848, et la *Marseillaise*, parue seulement dans cette réimpression, tous les deux accompagnés de leur couverture.

117. **Chefs-d'œuvre antiques** (Petite Collection antique). *Paris, A. Quantin.* 1878-1889. 14 vol. in-32, figures, brochés.

Série complète.

118. **Chevigné** (Comte de). Les Contes rémois. Dixième édition ornée d'un nouveau portrait, gravé à l'eau-forte par Flameng. *Paris, Alphonse Lemerre.* 1873. In-12; demi-rel. veau grenat, non rogné.

119. **Chevigné** (Comte de). Les Contes rémois. Douzième édition précédée de la Muse champenoise par Louis Lacour. Dessins de Jules Worms, gravés à l'eau-forte par Paul Rajon. *Paris, Librairie des bibliophiles.* 1877. In-8, dos et coins mar. brun, fil., dos orné, tête dor., non rogné (*David*).

Un des 170 exemplaires (n° 135) tirés sur GRAND PAPIER DE HOLLANDE.

120. **Chorier** (Nicolas). Les Dialogues de Luisa Sigea ou satire sotadique de Nicolas Chorier, pretendue écrite en espagnol par Luisa Sigea et traduite en latin par Jean Meursius. Edition mixte franco-latine. *Paris, Isidore Liseux.* 1881. 4 tomes en 2 vol. in-18, demi-rel. mar. citron, tête dor., non rognés.

121. **Clémenceau** (G.). La Mêlée sociale. *Paris, G. Charpentier et E. Fasquelle.* 1895. In-12, broché.

EDITION ORIGINALE.

Un des 10 exemplaires sur PAPIER DE HOLLANDE (n° 2).

122. **Clémenceau** (Georges). Le grand Pan. *Paris, G. Charpentier et E. Fasquelle.* 1896. In-12, broché.

Edition originale.

Un des 10 exemplaires sur papier de Hollande (n° 4).

123. **Clémenceau** (Georges). Au pied du Sinaï. Illustrations de Henri de Toulouse Lautrec. *Paris, Henry Floury. S. d.* (1898). Pet. in-4, broché.

Papier vélin d'Arches (n° 338), contenant deux suites des lithographies : sur papier de Chine en couleurs, et sur vélin en noir.

124. **Comte** (Madame Achille). Histoire naturelle mise à la portée des femmes et des gens du monde et rédigée suivant les classifications modernes. *Paris, Librairie normale d'éducation de Paul Dupont.* 1837. 2 vol. in-8, figures, veau vert, filets gras et mince, fleuron aux angles, dos orné, dent. int., tête dor., non rognés.

Reliure de l'époque, fraiche.

Figures dans le texte, gravées sur bois.

125. **Delavigne** (Casimir). Messéniennes et poésies diverses. Neuvième édition. *Paris, chez Ladvocat.* 1824. In-8, figures, cartonn., papier rose, dentelle, tr. dor. (*Cartonn. de l'époque*).

1 frontispice et 11 figures sur Chine, gravés sur les dessins de *Devéria.*

On y a joint un autre exemplaire de la même édition, relié en demi-chagrin brun, tr. jasp., contenant 1 frontispice et 6 figures seulement.

126. **Delvau** (Alfred). Les Cythères parisiennes. Histoire anecdotique des bals de Paris avec 24 eaux-fortes et un frontispice de Félicien Rops et Emile Thérond. *Paris, E. Dentu.* 1864. In-12, broché (*Couvert. illust.*).

Edition originale.

127. **Delvau** (Alfred). Les Heures parisiennes. 25 eaux-fortes d'Emile Benassit. *Paris, Librairie centrale.* 1866. In-12, cartonn., dos toile bleue, non rognée (*Couvert.*).

Edition originale.

Exemplaire avec le petit amour de la planche de *minuit.*

La couverture est défraichie.

128. **XVIIIe siècle** (Le) galant et littéraire (Gazette bimensuelle). *Bruxelles, Kistemaeckers.* 1887-1892. 5 vol. gr. in-8, demi-rel. vélin, dos orné, ébarbés.

129. **Documents** sur les mœurs du XVIIIe siècle (publiés par Octave Uzanne). *Paris, A. Quantin.* 1879-1883. 4 vol. gr. in-8, frontisp., brochés.

La Chronique scandaleuse. — Anecdote sur la comtesse Du Barry. — La Gazette de Cythère. — Les Mœurs secrètes du XVIIIe siècle.

Un des 50 exemplaires sur PAPIER WHATMAN, contenant une DOUBLE épreuve du frontispice, avant la lettre en bistre et avec la lettre en deux couleurs.

130. **Dovalle** (Ch.). Le Sylphe, poesies de feu Ch. Dovalle, précédées d'une notice par M. Louvet, et d'une préface par Victor Hugo. *Paris, Ladvocat.* 1830. Gr. in-8, dos et coins mar. grenat, non rogné.

EDITION ORIGINALE.

131. **France** (Anatole). Histoire comique. *Paris, Calmann-Lévy. S. d.* In-12, broché.

EDITION ORIGINALE.

Un des 60 exemplaires sur PAPIER DU JAPON (n° 7).

132. **France** (Anatole). La Leçon bien apprise, conte par Anatole France, imagé par Léon Lebègue pour les Bibliophiles indépendants. *Paris.* 1898. Pet. in-4, broché.

Tiré à 210 exemplaires contenant les illustrations aquarellées à la main et le tirage des gravures en noir avant texte, sur Chine.

133. **France** (Anatole). Pierre Nozière. *Paris, Alphonse Lemerre.* 1899. In-12, broché.

EDITION ORIGINALE.

134. **Froissart** (J.). Chroniques. Edition abrégée avec texte rapproché du français moderne par Mme de Witt, née Guizot. Ouvrage contenant 11 planches en chromolithographie, 12 lettres et titres imprimés en couleur, 2 cartes, 33 grandes compositions tirées en noir et 252 gravures d'après les monuments et les manus-

crits de l'époque. *Paris, Librairie Hachette et Cie, S. d.* (1880). Gr. in-8, dos et coins mar. brun, fil., non rogné (*Couvert. de livraisons*).

135. **Gautier** (Théophile). Le Roi Candaule, illustré de vingt et une compositions par Paul Avril. Préface par Anatole France. *Paris, Librairie des Amateurs, A. Ferroud.* 1893. In-8, broché.

Un des 200 exemplaires sur GRAND PAPIER VÉLIN D'ARCHES (n° 142), contenant un double état, dont 1 avec remarque, et un tirage à part des figures du texte.

136. **Gautier** (Théophile). Le petit Chien de la Marquise. Préface par Maurice Tourneux. Vingt et un dessins de Louis Morin. *Paris, Librairie L. Conquet.* 1893. In-12, broché (*Couvert. illust.*).

Exemplaire (n° 137) sur papier vélin blanc, contenant les gravures rehaussées à l'aquarelle et un TIRAGE A PART sur Chine en noir de ces gravures.

137. **Gavarni.** Œuvres choisies. Etudes de mœurs contemporaines. *Paris, J. Hetzel.* 1846-1848. 4 vol. gr. in-8, dont 2 demi-rel. dos chagrin noir, 1 cartonn. toile noire, fers spéciaux de l'éditeur, tr. dor. et 1 broché.

On y a joint :

D'après nature. Par Gavarni. Texte par MM. Jules Janin, Paul de Saint-Victor, Edmond Texier, Edmond et Jules de Goncourt. *Paris, Morizot, s. d.* (vers 1858). In-fol., cartonn., toile rouge (40 lithographies).

Œuvres choisies de Gavarni. Edition spéciale contenant : Les Enfants terribles, etc., etc. 520 dessins avec leurs légendes. *Paris, aux bureaux du Figaro.* 1864. In-fol., cartonn., dos toile brune (Taché ; un coin du faux-titre arraché).

138. **Goldsmith** (Oliver). Le Vicaire de Wakefield. Traduction nouvelle et complète par B.-H. Gausseron. *Paris, A. Quantin. S. d.* In-8, figures, dos et coins mar. rouge, tête dor., non rogné.

Illustrations en couleurs.

139. **Goncourt** (Edm. et J. de). Madame de Pompadour. Nouvelle édition, revue et augmentée de lettres et

documents inédits, illustrée de 55 reproductions sur cuivre, par Dujardin, et de deux planches en couleurs, par Quinsac. *Paris, Firmin-Didot et Cie*. 1888. In-4, dos chagrin rouge, orné, plats toile fers spéciaux, tr. dor. (*A. Lenègre*).

140. **Goncourt** (Edm. et J. de). L'Italie d'hier. Notes de voyage, 1855-1856. Entremêlées de croquis de Jules de Goncourt, jetés sur le carnet de voyage. *Paris, Librairie L. Conquet*. 1894. In-8, broché.

Un des 75 exemplaires (n° 37) sur PAPIER DE CHINE.

141. **Guimet** (Émile). Promenades japonaises. Texte par Emile Guimet. Dessins d'après nature par Félix Régamey. *Paris, G. Charpentier*. 1878-1880. 2 vol. gr. in-8, dos et coins chagrin grenat, fil., tête dor.

Figures dans le texte et planches hors texte, dont plusieurs en couleurs.

142. **Halevy** (Ludovic). La Famille Cardinal. *Paris, Calmann-Lévy*. 1883. In-16, papier vergé, demi-rel. mar. rouge, tête dor., non rogné, couvert. (*P. Ruban*).

Exemplaire contenant le frontispice et le tirage à part des 8 vignettes gravés par *J. Massard* d'après *E. Mas*, publ. par la Librairie Conquet.

143. **Halévy** (Ludovic). Mariette. Quarante compositions de Henry Somm. *Paris, Librairie L. Conquet*. 1893. In-8, broché.

Un des 50 exemplaires sur PAPIER DE CHINE (n° 131), contenant les encadrements tirés en bistre.

On y a ajouté un TIRAGE A PART, en noir, de ces encadrements.

144. **Henriot**. Napoléon aux enfers. Illustrations par l'auteur. *Paris, Librairie L. Conquet*. 1895. In-12, broché.

Tiré à 400 exemplaires, dont 100 mis dans le commerce (n° 19).

On y a joint :

ANNÉE PARISIENNE (L'). Texte et dessins par Henriot. *Paris, Librairie L. Conquet*. 1894. In-12, broché.

Tiré à 300 exemplaires non mis dans le commerce.

145. **Ibels** (H.-G.). Les Demi-cabots. Le Café-concert. Le Cirque. Les Forains. Dessins de H.-G. Ibels. Textes de Georges d'Esparbès, André Ibels, Maurice Lefèvre, Georges Montorgueil. *Paris, G. Charpentier et E. Fasquelle. L. Conquet.* 1896. Pet. in-8, broché (*Couvert. illust.*).

Un des 100 exemplaires sur PAPIER DE CHINE (n° 90).

146. **Louÿs** (Pierre). Aphrodite. Mœurs antiques. Illustrations de A. Calbet. *Paris, Librairie Borel.* 1896. In-12, en hauteur, broché.

Un des 73 exemplaires sur PAPIER DU JAPON (n° 9).

147. **Louÿs** (Pierre). Aphrodite. Mœurs antiques. Illustrations de A. Calbet. *Paris, Librairie Borel.* 1896. In-12 en hauteur, broché.

Un des 25 exemplaires imprimés sur PAPIER DE CHINE pour la librairie A. Rouquette (n° 7).

148. **Louÿs** (Pierre). Léda ou la louange des bienheureuses ténèbres. Avec dix dessins en couleurs par Paul-Albert Laurens. *Paris, Edition du Mercure de France.* 1898. In-4, broché.

Un des 10 exemplaires sur PAPIER WHATMAN (n° 18), auquel on a ajouté le tirage à part des illustrations.

149. **Louÿs** (Pierre). Les Chansons de Bilitis, traduites du grec par Pierre Louÿs et ornées d'un portrait de Bilitis dessiné par P. Albert Laurens d'après le buste polychrome du Musée du Louvre. *Paris, Société du Mercure de France.* 1898. In-8, broché.

Un des 40 exemplaires (n° 30) imprimés sur PAPIER DE HOLLANDE.

150. **Louÿs** (Pierre). La Femme et le pantin. Roman espagnol orné d'une reproduction en héliogravure du Pantin de Goya. *Paris, Société du Mercure de France,* 1898, in-8, broché.

ÉDITION ORIGINALE.

151. **Magny** (Olivier de). Les Gayetez, les Soupirs et les Amours d'Olivier de Magny. Réimpression textuelle de

l'édition de Paris, 1554. précédée de la vie de l'auteur, par Guillaume Colletet, publiée pour la première fois par les soins de M. P. Blanchemain. *A Turin, J. Gay et fils.* 1869-1870. — Ens. 3 parties en 1 vol. in-8, mar. rouge, fil. à froid, fleurons aux angles, tr. dor.

Réimpressions à 100 exemplaires (n° 12).

152. **Marguerite de Navarre**. L'Heptaméron des nouvelles. Réimprimé par les soins de D. Jouaust. Avec une notice, des notes et un glossaire par Paul Lacroix. *Paris, Librairie des bibliophiles.* 1879-1880. 2 vol. pet. in-8, demi-rel. veau bleu, non rognés.

Edition tirée à petit nombre ; fac-simile des figures de *Freudenberg*.

153. **Marguerite de Navarre**. L'Heptaméron des nouvelles, reimprimé par les soins de D. Jouaust. Avec un notice des notes et un glossaire par Paul Lacroix. *Paris, Librairie des bibliophiles.* 1879. 2 vol. gr. in-8, brochés.

Un des 30 exemplaires sur GRAND PAPIER WHATMAN (n° 60).

154. **Maupassant** (Guy de). Mlle Fifi. Eau-forte par Just. *Bruxelles, Henry Kistemaeckers.* 1882. In-16, papier de Holl., broché.

ÉDITION ORIGINALE.

155. **Maupassant** (Guy de). Monsieur Parent. *Paris, Paul Ollendorff.* 1886. In-12, broché.

ÉDITION ORIGINALE.

156. **Maupassant** (Guy de). Pierre & Jean. *Paris, Paul Ollendorff.* 1888. In-12, broché.

EDITION ORIGINALE.

157. **Maupassant** (Guy de). L'inutile Beauté. *Paris, Victor Havard.* 1890. In-12, broché.

EDITION ORIGINALE.

158. **Maupassant** (Guy de). Notre cœur. *Paris, Paul Ollendorff.* 1890. In-12, broché.

EDITION ORIGINALE.

159. **Maupassant** (Guy de). Le Colporteur, *Paris, Ollendorff.* 1900. In-12, broché.

Edition originale.
Un des 15 exemplaires sur papier de Chine (n° 16).

160. **Mérimée** (Prosper). La Guzla ou choix de poésies illyriques, recueillies dans la Dalmatie, la Bosnie, la Croatie et l'Herzegowine. *Paris, F.-G. Levrault.* 1827. In-18, cartonn., non rogné (*Cartonn. de l'éditeur*).

Edition originale.

161. **Mérimée** (Prosper). Tome vingt-troisième de la *Revue des Deux Mondes* (Paris 1840), contenant Colomba. In-8, demi-rel., dos chagrin noir.

Première publication de *Colomba.*
L'édition originale, sous forme de livre, est de 1841.

162. **Mirliton** (Le). Hebdomadaire, paraît le vendredi. Directeur Aristide Bruant. Années I-IX (nos 1-142) et année X, n° 1-30. *Paris,* sept. 1885-1. octobre 1894. En numéros gr. in-8 et in-folio.

Illustrations de *Jean Caillou, Steinlen, Ibels.*

163. **Mistral** (Frédéric). Mireille, poème provençal. Traduction française de l'auteur, accompagnée du texte original, avec 25 eaux-fortes dessinées et gravées par Eugène Burnand, et 53 dessins du même artiste reproduits par le procédé Gillot. *Paris, Librairie Hachette et Cie.* 1884. Gr. In-4, toile grise ornée, tr. dor. (*Rel. des éditeurs*).

164. **Monselet** (Charles). Les Créanciers, œuvre de vengeance avec une cruelle eau-forte d'Emile Benassit. *Paris, chez René Pincebourde,* 1870, in-8, cartonn. papier (*Couvert.*).

Un des 100 exemplaires (n° 204) imprimés sur papier vélin teinté contenant le frontispice en trois états sur Chine.

165. **Montaigne.** Les Essais. Accompagnés d'une notice sur sa vie & ses ouvrages, d'une étude bibliographique, de variantes, de notes, de tables et d'un glos-

saire, par E. Courbet et Ch. Royer. *Paris, Alphonse Lemerre.* 1872-1877. 4 vol. in-8, brochés.

Un des 25 exemplaires tirés sur PAPIER DE CHINE. (n° 13).

166. **Montorgueil** (Georges). L'Année féminine (1895). Les Déshabillés au théâtre. Texte de Georges Montorgueil. Illustrations de Henri Boutet. *Paris, H. Floury.* 1896. — L'Année féminine (1896). Les Parisiennes d'à présent. Texte de Georges Montorgueil. Illustrations de H. Boutet. *Ibid., id.*, 1897. — Ens. 2 vol. pet. in-8, brochés.

Le premier volume (Déshabillés au théâtre) est un des 50 exemplaires sur PAPIER DU JAPON, comprenant TROIS états des planches hors texte, et une SUITE A PART sur Chine de toutes les gravures sur bois.

L'autre volume est un des 60 exemplaires (n° 36) sur PAPIER DU JAPON avec TIRAGE A PART sur Chine de toutes les illustrations.

On y a joint :

COURTRY (Ch.). Boutet embêté par Courtry. Préface de Léon Maillard. Deux pointes-sèches par Henri Boutet. Une eau-forte et couverture par Ch. Courtry. *Paris, Bibliothèque artistique et littéraire.* 1896. Pet. in-8 carré, broché.

Un des 50 exemplaires (n° 48) sur PAPIER DU JAPON, avec TROIS états de chacune des eaux-fortes.

167. **Montorgueil** (Georges). La Vie des Boulevards. Madeleine-Bastille. Texte par Georges Montorgueil. 200 dessins en couleurs par Pierre Vidal. *Paris, Ancienne maison Quantin.* 1896. Gr. in-8, broché.

Un des 100 exemplaires, imprimés sur JAPON IMPÉRIAL, pour le compte de la librairie Conquet (n° 62).

Illustrations rehaussées à l'aquarelle.

168. **Montorgueil** (Georges). La Parisienne peinte par elle-même. Vingt et une pointes sèches tirées hors texte et quarante et une compositions par Henri Somm. *Paris, Librairie L. Conquet.* 1897. In-8, broché.

Tirage unique à 150 exemplaires sur papier de Hollande (n° 74).

169. **Moreau** (Hegesippe). Le Myosotis, petits contes et petits vers. Nouvelle édition, illustrée de cent trente-

quatre compositions de Robaudi, gravées sur bois par Clément Bellanger. Préface par André Theuriet. *Paris, Librairie L. Conquet.* 1893. Gr. in-8, broché.

Exemplaire (n° 57) sur Chine, contenant dans un carton le tirage a part de toutes les illustrations.

170. **Morin** (Louis). Carnavals parisiens. Bals des Quatz-arts. Vache enragée. Bals du Courrier. Bœuf gras. Cortèges des étudiants. Cortèges du Moulin Rouge. *Paris, Montgredien et Cie. S. d.* In-12, en feuilles (*Couvert. illust.*).

Un des 100 exemplaires sur papier du Japon (n° 78).

171. **Musée** ou Magasin comique de Philippon, contenant près de 800 dessins par MM. Cham, Daumier, Dollet, Eustache, Forest, Gavarni, Grandville, Eugène Lami, Lorentz, Plattier, Trimolet, Vernier et autres. Texte par MM. Bourget, P. Borel, Cham, L. Huart, Lorentz, Marco Saint-Hilaire et Ch. Philipon. *Paris, chez Aubert et Cie. S. d.* 2 tomes en 1 vol. in-4, cartonn. toile verte avec la couverture illustrée collée sur les plats.

Le titre du second volume est défraîchi.

172. **Nodier** (Charles). Contes. Eaux fortes par Tony Johannot. *Paris, publié par J. Hetzel.* 1846. Gr. in-8, cartonn. toile bleue, avec fers spéciaux, tr. dor. (*Rel. de l'éditeur*).

Première édition ornée de 8 eaux-fortes.

173. **Nodier** (Charles). Le dernier chapitre de mon roman. Préface de Maurice Tourneux. Nouvelle édition illustrée de 33 compositions de Louis Morin. *Paris, Librairie L. Conquet.* 1895. In-8, en feuilles, dans un carton illustré.

Tirage à 200 exemplaires sur papier vélin blanc du Marais (n° 197).

Exemplaire avec toutes les figures rehaussées à l'aquarelle.

174. **Perrault**. Les Contes de Perrault, illustrés par E. Courboin, Fraipont, Geoffroy, Gerbault, Job, L. Mo-

rin, Robida, Vimar, Vogel, Zier. Introduction par M. Gustave Larroumet, de l'Institut. *Paris, Librairie Renouard, Henri Laurens. S. d.* In-4, broché.

Un des 55 exemplaires numérotés sur PAPIER DU JAPON (n° 6) contenant une DOUBLE SUITE des gravures réimprimées sur Chine.

175. **Pléiade** (La). Ballades, fabliaux, nouvelles et légendes. *Paris, L. Curmer.* 1842. Pet. in-8, figures, broché.

Exemplaire sans le frontispice principal, les 9 autres frontispices et les eaux-fortes de *Rosemonde* et *Madame Acker.*

La couverture est datée de 1850 et au nom de la librairie Baillieu.

176. **Pléiade** (La). Ballades, fabliaux, nouvelles et légendes. Homère, Veda-Vyassa, Marie de France, Burger, Hoffmann, Ludwig, Tieg (sic pour Tieck), Ch. Dickens, Gavarni, H. Blaze. *Paris, L. Curmer.* 1842. Pet. in-8, figures, demi-rel., dos chagrin violet, plats recouverts de papier, fil., tr. dor. (*Rel. de l'époque*).

Exemplaire contenant le frontispice et les eaux-fortes de *Rosemonde* et de *Madame Acker.*

177. **Poètes du XVIIIe siècle** (Petits). *Paris, A. Quantin.* 1879-1886. 12 vol. pet. in-8, brochés.

Série complète.

Poésies du cardinal de Bernis, de Bertin, Bonnard, Boufflers, Desforges-Maillard, Gentil-Bernard, Gilbert, Gresset, Lattaignant, Malfilâtre, Piron, Vadé.

178. **Richepin** (Jean). La Chanson des gueux. *Paris, Librairie illustrée.* (Typ. F. Debons et Cie). *S. d.* (1876). In-12, dos et coins mar. rouge, tête dor., non rogné (*Couvert.*).

ÉDITION ORIGINALE.

179. **Richepin** (Jean). Truandailles. *Paris, Bibliothèque Charpentier.* 1890. In-12, broché.

ÉDITION ORIGINALE.

Un des 25 exemplaires sur PAPIER DE HOLLANDE (n° 5).

180. **Richepin** (Jean). L'Aimée. Roman. *Paris, G. Charpentier et E. Fasquelle.* 1893. In-12, broché.

Édition originale.
Un des 50 exemplaires sur papier de Hollande (n° 27).

181. **Richepin** (Jean). Madame André. *Paris, Dreyfous*, 1878. — Les Blasphèmes. *Ibid., id.*, 1885. — Braves gens. *Ibid., id.*, 1886. — Le Cadet. *Paris, Charpentier*, 1890. — Mes Paradis. *Ibid., id.*, 1894. — Ens. 5 vol. in-12, brochés.

Éditions originales.
La couverture des « Blasphèmes » porte la date de 1890.

182. **Richepin** (Jean). Vers la joie. Conte bleu en cinq actes, en vers. *Paris, G. Charpentier et E. Fasquelle.* 1894. — Rostand (Edmond). L'Aiglon. Drame en six actes, en vers. *Paris, Eugène Fasquelle.* 1900. — Ens. 2 vol., in-8 et in-12, brochés.

Éditions originales.

183. **Robida** (A.). Voyage de fiançailles au xxe siècle. Texte et dessins par A. Robida. *Paris, Librairie L. Conquet.* 1892. In-12, broché.

Un des 100 exemplaires sur papier du Japon (n° 90).

184. **Rodenbach** (Georges). Les Vierges. (*Paris, imprimé par Chamerot et Renouard*, 1895.) Gr. in-8, figures, broché.

Ouvrage imprimé sur papier du Japon.
Illustrations en couleurs par *Joseph Rippl-Rónai.*

185. **Rodenbach** (Georges). Les Tombeaux. (*Paris, imprimé par Chamerot et Renouard*, 1895.) Gr. in-8, figures, broché.

Illustrations par *James Pitcairn-Knowles.*

186. **Saint-Juirs**. Le Cabaret des trois Vertus. Illustrations de Daniel Vierge, gravées par Clément Bellenger. *Paris, L. Baschet. S. d.* In-4, broché (*Couvert. illust.*).

Un des 50 exemplaires sur papier de Chine (n° 17).

187. **Saint-Pierre** (B. de). Paul et Virginie. Précédé d'une étude sur les origines de Paul et Virginie par S. Cambray. Eaux-fortes de Laguillermie. *Paris, Librairie des bibliophiles*. 1878. In-12, mar. bleu foncé, compart. de fil. à froid, fleurons aux angles et au dos, dent. int., tr. dor. (*Engel*).

Un des 25 exemplaires sur PAPIER DE CHINE (n° 17), contenant les épreuves des gravures AVANT la lettre et auquel on a ajouté la suite d'Hédouin, également AVANT la lettre sur papier de Chine.

188. **Schwob** (Marcel). La Porte des rêves. Illustrations de Georges de Feure. *Paris, pour les Bibliophiles indépendants, chez Henry Floury*. 1899. In-4, broché.

Tirage à 220 exemplaires (n° 70, imprimé au nom de M. L. Volot).

Edition imprimée sur papier du Japon, illustrée de 16 planches hors texte, gravées sur bois, de 32 encadrements variés, de 15 culs-de-lampe et d'un tripti-frontispice gravé en taille-douce en 2 tons repérés et colorié à l'aquarelle à la main.

189. **Stendhal** [Henri Beyle]. Le Rouge et le noir. Chronique du XIXe siècle, par M. de Stendhal. Deuxième édition. *Paris, A. Levasseur. Urbain Canel*. 1831. 6 tomes en 2 vol. in-12, dos et coins vélin, non rognés.

Deuxième édition, rare.

Les trois premiers feuillets du tome premier sont légèrement tachés.

190. **Süe** (Eugène). Les Mystères de Paris. Nouvelle édition, revue par l'auteur. *Paris, Librairie de Charles Gosselin*. 1843-1844. 4 vol. gr. in-8, figures, dos et coins chagrin bleu, fil., dos orné, tr. jasp. (*Rel. de l'époque*).

PREMIÈRE ÉDITION ILLUSTRÉE.

Ouvrage orné d'une quantité de gravures sur bois dans le texte, et de 81 grands sujets tirés à part, dont 47 gravés sur bois et 34 sur acier.

191. **Un cas** de jalousie. Edition originale illustrée de dix-neuf lithographies par A. Lunois. *Paris, L. Conquet*, 1896, in-8, broché.

Un des 60 exemplaires (n° 25) imprimés sur PAPIER DU

Japon; contenant le tirage a part de toutes les illustrations, et 4 épreuves refusées.

192. **Uzanne** (Octave). L'Eventail. Illustrations de Paul Avril. *Paris, A. Quantin.* 1882. — L'Ombrelle. Le gant. Le manchon. Illustrations de Paul Avril. *Ibid., id.* 1883. — Ens. 2 vol. gr. in-8, brochés, dans les emboitages en satin.

193. **Uzanne** (Octave). Son Altesse la Femme. Illustrations de Henri Gervex, J.-A. Gonzalès, L. Kratké, Albert Lynch, Adrien Moreau et Félicien Rops. *Paris, A. Quantin.* 1885. Gr. in-8, broché, dans un emboîtage.

194. **Uzanne** (Octave). La Française du siècle. Modes. Mœurs. Usages. Illustrations à l'aquarelle de Albert Lynch, gravées à l'eau-forte en couleurs par Eugène Gaujean. *Paris, A. Quantin.* 1886. Gr. in-8, broché, dans un emboîtage papier japonais.

195. **Uzanne** (Octave). La Française du siècle. La Femme et la mode. Métamorphoses de la Parisienne de 1792 à 1892. Tableaux des mœurs et usages aux principales époques de notre ère républicaine. Edition illustrée de plus de 160 dessins inédits par A. Lynch et E. Mas. Frontispice en couleurs de Félicien Rops. *Paris, Anc. maison Quantin.* 1892. Gr. in-8, broché.

Un des 25 exemplaires imprimés sur papier du Japon (n° XIV), contenant deux états du frontispice.

196. **Uzanne** (Octave). Bouquinistes et bouquineurs. Physiologie des quais de Paris du Pont Royal au Pont Sully. Illustrations d'Emile Mas. Eau-forte frontispice de Manesse. *Paris, Anc. maison Quantin.* 1893. In-8, broché.

197. **Uzanne** (Octave). Voyage autour de sa chambre. Illustrations de Henri Caruchet, gravées à l'eau-forte par Frédéric Massé, relevées d'aquarelles à la main. *Imprimé à Paris pour les Bibliophiles indépendants. Henri Floury.* 1896. Pet. in-4, broché.

Ouvrage entièrement gravé tiré à 210 exemplaires (n° 70),

contenant un TIRAGE A PART, en noir, avec remarques, de tous les encadrements.

198. **Uzanne** (Octave). Les Evolutions du bouquin. La Nouvelle Bibliopolis. Voyages d'un amateur au pays des Néo-Icono-Bibliomanes. Lithographies en couleurs et marges décoratives de H.-P. Dillon. Frontispice à l'eau-forte d'après Félicien Rops. Nombreuses illustrations dans le texte et hors texte. *A Paris, chez Henri Floury*. 1897. In-12, broché.

199. **Ymagier** (L'), rédigé par Remy de Gourmont et Alfred Jarry. N^{os} I-IV. *Paris*, octobre 1894-juillet 1895, en 4 fascicules pet. in-4, brochés.

Exemplaire sur JAPON IMPÉRIAL auquel on a joint un exemplaire sur papier ordinaire et le numéro spécimen de l'Image. Revue artistique et littéraire, ornée en figures sur bois.

200. **Yung** (Th.). Album de vingt batailles de la Révolution et de l'Empire, d'après les aquarelles de M. Yung. *Paris, Henri Plon. S. d.* (1860). In-folio oblong, toile noire, fers spéciaux (*Rel. de l'éditeur*).

1 titre, 3 ff. de texte explicatif et 20 planches d'après les aquarelles de *Th. Yung*, gravées par *Rouargue, Ch. Lalaisse, Durond* et coloriées.

201. **Zola** (Émile). Madeleine Férat. *Paris, A. Lacroix, Verboeckhoven & Cie*. 1868. In-12, broché.

ÉDITION ORIGINALE.

202. **Zola** (Émile). Le Vœu d'une morte. *Paris, Achille Faure*. 1866 (couverture de la 2e édition 1867). — Le Roman expérimental. *Paris, G. Charpentier*. 1880. — Pot-bouille. *Ibid., id.*, 1882. — Ens. 3 vol. in-12 dont le premier cart., dos et coins toile verte, non rog., couvert., le second cart., dos toile bleue, non rog. (sans couv.), le troisième broché.

ÉDITIONS ORIGINALES.
On y a joint : ZOLA (E). Thérèse Raquin. *Paris, C. Marpon et E. Flammarion*. In-18, br.

203. **Zola** (Émile). Contes à Ninon. *Paris, Librairie in-*

ternationale. J. Hetzel et A. Lacroix. S. d. (1864). — Nouveaux contes à Ninon. *Paris, Charpentier et Cie.* 1874. — Ens. 2 vol. in-12, cartonn. dos et coins toile bleue et brune, non rognés (*Couvert.*).

Editions originales.

204. **Zola** (Émile). Thérèse Raquin. Drame en quatre actes, représenté pour la première fois à Paris sur le Théâtre de la Renaissance le 11 juillet 1873. *Paris, Charpentier. et Cie.* 1873. — Renée. Pièce en cinq actes. Avec une préface de l'auteur. *Ibid., id.,* 1887. — Ens. 2 vol. in-12, dont 1 cartonn., dos toile verte, non rogné, et l'autre broché (*Couvert.*).

Editions originales.
On y a joint :
Busnach (William) et Octave Gastineau. L'Assommoir. Drame en cinq actes et neuf tableaux. Avec une préface d'Émile Zola et un dessin de Georges Clairin. *Paris, G. Charpentier.* 1881. In-12, broché.

205. **Zola** (Émile). La Confession de Claude. *Paris, C. Marpon et E. Flammarion.* 1880. In-12, broché.

Edition originale.

206. **Zola** (Émile). Nana. *Paris, G. Charpentier.* 1880. In-12, cartonn. toile jaune, non rog. (*Couvert.*).

Edition originale.
Papier de Hollande.

207. **Zola** (Émile). Le Rêve. *Paris, G. Charpentier et Cie.* 1888. In-12, broché.

Edition originale.
Papier de Hollande.

208. **Zola** (Émile). La Bête humaine. *Paris, G. Charpentier et Cie.* 1890. In-12, broché.

Edition originale.
Papier de Hollande.

209. **Zola** (Émile). L'Argent. *Paris, Bibliothèque Charpentier.* 1891. In-12, broché.

Edition originale.
Papier de Hollande.

210. **Zola** (Émile). L'Argent. *Paris, Bibliothèque Charpentier.* 1891. In-12, broché.

Edition originale.
Papier de Hollande.

211. **Zola** (Émile). La Débacle. *Paris, G. Charpentier et E. Fasquelle.* 1892. In-12, broché.

Edition originale.
Papier de Hollande.

212. **Zola** (Émile). La Débacle. *Paris, G. Charpentier et E. Fasquelle.* 1892. In-12, broché.

Edition originale.
Un des 33 exemplaires sur papier du Japon (n° 18).

213. **Zola** (Émile). Le Docteur Pascal. *Paris, G. Charpentier et E. Fasquelle.* 1893. In-12, broché.

Edition originale.
Papier de Hollande.

214. **Zola** (Émile). Le Docteur Pascal. *Paris, G. Charpentier et E. Fasquelle.* 1893. In-12, broché.

Edition originale.
Un des 40 exemplaires sur papier du Japon (n° 21).

215. **Zola** (Émile). Les trois villes (Lourdes, Rome, Paris). *Paris, G. Charpentier et E. Fasquelle.* 1894-1898. 3 vol. in-12, brochés.

Editions originales.
Papier de Hollande.

216. **Zola** (Émile). Les trois villes (Lourdes, Rome, Paris). *Paris, Charpentier et Eugène Fasquelle.* 1894-1898. 3 vol. in-12, brochés.

Editions originales.
Papier du Japon.

217. **Zola** (Émile). La Fête à Coqueville. Dessinée par André Devambez. *Paris, Eugène Fasquelle.* 1898. In-4, broché (*Couvert. illust.*).

Un des 100 exemplaires sur papier du Japon (n° 30).
Illustrations en couleurs.

La couverture, datée de 1899, est avant et avec la lettre.
On y a joint :
Silvestre (Armand). La Plante enchantée. Illustrée par A. Robida. *Paris, Librairie illustrée.* 1895. Broché.
Un des 50 exemplaires sur papier du Japon (n° 31).

---

218. **Béraldi** (Henri). Les Graveurs du xixe siècle. Guide de l'amateur d'estampes modernes. *Paris, Librairie L. Conquet.* 1885-1892. 12 tomes en 10 vol. gr. in-8, frontispices, cartonn. dos vélin, non rognés.

219. **Bocher** (Emmanuel). Les Gravures françaises du xviiie siècle ou catalogue raisonné des estampes, eaux-fortes, pièces en couleur, au bistre et au lavis, de 1700 à 1800. *A Paris, à la Librairie des bibliophiles, et chez Rapilly.* 1875-1882. 6 fascicules in-4, brochés.

220. **Bou[illegible]ard** (Gustave). A travers cinq siècles de gravures 1350-1903. Les estampes célèbres, rares ou curieuses. *Paris, Georges Rapilly.* 1903. Gr. in-8, broché.

Tiré à 250 exemplaires (n° 62) dont 200 seulement mis dans le commerce.
Epuisé.

221. **Brongniart** (Alexandre). Traité des arts céramiques ou des poteries, considérées dans leur histoire, leur pratique et leurs théories. *Paris, Béchet jeune [et] Mathias.* 1841-1844. 2 vol. in-8 et 1 atlas in-4 oblong, brochés.

L'atlas contient 60 planches lithographiées.

222. **Collection Hayashi.** Dessins, estampes, livres illustrés. — Objets d'art et peintures de la Chine et du Japon. Deuxième partie. *Paris,* 1902-1903. 2 vol. gr. in-8, figures, brochés.

223. **De La Combe.** Charlet, sa vie, ses lettres. Suivi d'une description raisonnée de son œuvre lithographique. Orné d'un portrait de Charlet. *Paris, Paulin et Le Chevalier*. 1856. In-8, cartonn., dos toile bleue, non rogné (*Couvert.*).

224. **Duplessis** (Georges) et Henri **Bouchot**. Dictionnaire des marques et monogrammes de graveurs. *Paris, Librairie de l'art. Jules Rouam*. 1886. 3 parties in-12, brochés.

225. **Garnier** (Edouard). Histoire de la céramique, poteries, faïences et porcelaines chez tous les peuples. Préface de M. Paul Gasnault. Illustration d'après les dessins de l'auteur. Gravure de Trichon. Deuxième édition revue et augmentée de quatre chromolithographies. *Tours, Alfred Mame et fils*. 1882. Gr. in-8, dos et coins mar. bleu, tête dorée, non rogné (*Girard, à Angers*).

226. **Garnier** (Edouard). Histoire de la verrerie. Illustrations d'après les dessins de l'auteur, gravure de Trichon. *Tours, Alfred Mame et fils*. 1886. Gr. in-8, cartonn. toile rouge, fers spéciaux, tr. dor. (*Rel. de l'éditeur*).

Planches hors texte en chromolithographie.
La première planche est détachée de la reliure.

227. **Goncourt** (Edm. et J. de). L'Art du XVIIIe siècle. Troisième édition revue et augmentée et illustrée de planches hors texte. *Paris, A. Quantin*. 1880-1882. 2 tomes en 14 fascicules in-4, brochés.

Edition contenant 70 planches hors texte.

228. **Hymans** (Henri). L'Exposition des primitifs flamands à Bruges. *Paris, Gazette des Beaux-arts*. 1902. Gr. in-8, figures, broché.

Nombreuses illustrations dont 25 planches hors texte (héliogravures et gravures au burin).

229. **Image** (L'). Revue littéraire et artistique, ornée de figures sur bois. Cette revue fondée par la Corporation française des graveurs sur bois a été publiée sous la

direction littéraire de Roger Marx et Jules Rais et sous la direction artistique de Tony Beltrand, Auguste Lepère et Léon Ruffe. (*Paris*) *Floury*. 1897. 12 fascicules in-folio, brochés.

Un des 100 exemplaires (nº 32) sur PAPIER DE CHINE, avec un TIRAGE A PART sur Chine de toutes les illustrations et les FUMÉS de douze planches importantes ayant paru dans le texte.

Tout ce qui a paru de cette revue ; elle a été publiée en 12 numéros de déc. 1896 à déc. 1897.

230. **Jacquemart** (Albert). Histoire de la céramique. Ouvrage contenant 200 figures sur bois par H. Catenacci et J. Jacquemart, 12 planches gravées à l'eau-forte par Jules Jacquemart et 1000 marques et monogrammes. *Paris, Librairie Hachette et Cie*. 1875. Gr. in-8, demi-rel., dos chagrin brun, plats toile brune.

231. **Le Blanc** (Ch.). Manuel de l'amateur d'estampes. *Paris, P. Jannet*. 1854. 4 parties en 3 vol. gr. in-8, demi-rel. chagrin brun, non rognés.

232. **Maillard** (Léon). Henri Boutet, graveur et pastelliste. *Paris, H. Floury*. 1894-1895. 2 vol. pet. in-4, brochés.

Exemplaire sur PAPIER DU JAPON contenant deux états des planches.

233. **Maitres de l'affiche** (Les). Publication mensuelle contenant la reproduction des plus belles affiches illustrées des grands artistes, français et étrangers. *Editée par l'imprimerie Chaix*. Vol. I-V. *Paris*. 1896-1900. En 60 livraisons in-folio.

234. **Michel** (Emile). Rubens, sa vie, son œuvre et son temps. Ouvrage contenant 354 reproductions directes d'après les œuvres du maître. *Paris, Librairie Hachette et Cie*. 1900. Gr. in-8, en 40 livraisons avec couvertures.

235. **Portalis** (Le baron Roger). Les Dessinateurs d'illustrations au dix-huitième siècle. *Paris, Morgand et Fatout*. 1877. 2 vol. in-8, demi-rel. chagrin bleu, non rognés.

236. **Portalis** (Le Baron Roger) et Henri **Béraldi.** Les Graveurs du dix-huitième siècle. *Paris, Morgand et Fatout.* 1880-1882. 3 tomes en 6 parties gr. in-8, papier de Hollande, figures, cartonn., dos et coins chagrin bleu, non rognés.

237. **Pottier** (André). Histoire de la faïence de Rouen. Ouvrage posthume publié par les soins de MM. l'abbé Colas, Gustave Gouellain & Raymond Bordeaux, orné de soixante planches imprimées en couleurs & de vignettes d'après les dessins de Mlle Emilie Pottier. *Rouen, Auguste Le Brument.* 1870. 2 parties gr. in-4, dont 1 vol. de texte broché et 1 carton de planches.

238. **Ramiro** (Erastène). Catalogue descriptif et analytique de l'œuvre gravé de Félicien Rops. Deuxième édition. *A Bruxelles, chez l'éditeur Edmond Deman.* 1893. Un gros volume et un supplément gr. in-8, brochés.

Tirage unique à 200 exemplaires (n° 196).

L'ouvrage contient 4 planches et des fleurons et culs-de-lampe d'après Rops. On y a ajouté *Ma Tante Johanna*, eau-forte originale de Rops, en 3e état avant l'inscription : *Supplément de l'art universel*, etc.

On joint une petite lettre autographe de Rops écrite au crayon.

239. **Ramiro** (Erastène). Supplément au catalogue de l'œuvre gravée de Félicien Rops. Illustrations de Félicien Rops. Fleurons et culs-de-lampe par Armand Rassenfosse. *Paris, Librairie Floury.* 1895. In-4, broché.

Un des 50 exemplaires sur PAPIER DE HOLLANDE (n° 21), contenant trois états des planches hors texte et un TIRAGE A PART des croquis du texte.

240. **Salon** d'Horace Vernet, 1822. *A Paris, chez Fr. Janet. S. d.* In-4, demi-rel., veau vert.

16 planches, gravées sur cuivre, d'après les œuvres de *H. Vernet*, par *E. Aubert*, *Pigeot fils*, *Lefevre*, *Bovinet*, *Ch. Beyer* et autres.

241. **Viollet-Le-Duc.** Dictionnaire raisonné du mobilier français, de l'époque carlovingienne à la Renaissance.

Paris, Ve A. Morel et Cie. 1858-1874. 6 tomes en fascicules in-8, figures, brochés, non rognés.

Le premier fascicule du tome second manque.

---

242. **Barbier** (Ant.-Alex.). Dictionnaire des ouvrages anonymes. Troisième édition, revue et augmentée par MM. Olivier Barbier, René et Paul Billard. *Paris, Paul Daffis*. 1872-1879. 4 vol. gr. in-8, demi-rel. chagrin grenat, non rognés.

On y a joint le *Supplément* publié en 1889 par Gustave Brunet, in-8, même reliure.

243. **Bibliographie** des ouvrages relatifs à l'amour, aux femmes, au mariage et des livres facétieux, pantagruéliques, scatalogiques, satyriques, etc. Par M. le C. d'I***. 3e édition, entièrement refondue et considérablement augmentée. *Turin* (et *San Remo*), *J. Gay et fils*. 1871-1873. 6 vol. in-12, dos et coins chagrin brun, ébarbés.

244. **Bouchot** (Henri). Les Reliures d'art à la Bibliothèque nationale. Quatre-vingts planches reproduites d'après les originaux. *Paris, Edouard Rouveyre*. 1888. — **Derôme** (L.). La Reliure de luxe. Le livre et l'amateur. *Ibid.*, *id.*, 1888. — **Uzanne** (Octave). La reliure moderne artistique et fantaisiste. *Ibid.*, *id.*, 1887. — Ens. 3 ouvrages gr. in-8, brochés, en étuis.

245. **Bouchot** (Henri). Les Livres à vignettes du xve au xviiie siècle. Les livres et vignettes du xixe siècle. Les Ex libris. De la reliure. Des livres modernes qu'il convient d'acquérir. *Paris, Edouard Rouveyre*. 1891. 5 vol. in-12, figures, brochés.

Un des 40 exemplaires sur papier vergé (n° 77).

246. **Brivois** (Jules). Bibliographie des ouvrages illustrés du xixe siècle, principalement des livres à gravures sur bois. *Paris, P Rouquette*. 1883. Gr. in-8, cartonn. dos et coins toile grenat, non rogné

247. **Brunet** (Gustave). Études sur la reliure des livres et sur les collections de bibliophiles célèbres. (Deuxième édition considérablement augmentée). *Bordeaux, Vve Moquet.* 1891. In-8, papier vergé, dos et coins chagrin vert, fil., non rogné (*Couvert.*).

248. **Guigard** (Joannis). Armorial du bibliophile, avec illustrations dans le texte. *Paris, Bachelin-Deflorenne.* 1870-1873. 2 tomes en 1 vol. gr. in-8, demi-rel. mar. grenat, dos orné, non rogné (*Couvert.*).

249. **Le Petit** (Jules). Bibliographie des principales éditions originales d'écrivains français du XVe au XVIIIe siècle. Ouvrage contenant environ 300 fac-simile de titres des livres décrits. *Paris, Maison Quantin.* 1888. Gr. in-8, dos et coins chagrin noir, non rogné (*Couvert*).

250. **Quérard** (J.-M.). La France littéraire ou dictionnaire bibliographique des savants, historiens et gens de lettres de la France, ainsi que des littérateurs étrangers qui ont écrit en français, plus particulièrement pendant les XVIIIe et XIXe siècles. *Paris, chez Firmin-Didot, père et fils.* 1827-1839. 10 tomes en 5 vol. in-8, demi-rel. chagrin brun, non rognés (*Couvert.*).

251. **Sieurin** (J.). Manuel de l'amateur d'illustrations. Gravures et portraits pour l'ornement des livres français et étrangers. *Paris, Adolphe Labitte.* 1875. In-8, dos et coins chagrin grenat, fil., dos orné, non rogné (*Couvert.*).

252. **Thoinan** (Ernest). Les Relieurs français (1500-1800). Biographie critique et anecdotique, précédée de l'histoire de la communauté des relieurs et doreurs de livres de la ville de Paris et d'une étude sur les styles de reliure. *Paris, Em. Paul, L. Huard et Guillemin.* 1893. Gr. in-8, figures, broché.

253. **Vicaire** (Georges). Manuel de l'amateur de livres du XIXe siècle. 1801-1893. Préface de Maurice Tourneux. *Paris, Librairie A. Rouquette.* 1894-1910. 7 vol. gr. in-8, demi-rel. chagrin grenat (*Couvert.*).

Tout ce qui a paru de cet ouvrage.

CHARTRES. — IMPRIMERIE DURAND, RUE FULBERT.

RED. :

19

MIRE ISO N° 1
NF Z 43-007
AFNOR
Cedex 7 · 92080 PARIS-LA-DEFENSE

379 89 70
graphicom

0 1 2 3 4 5 6 7 8 9 10

www.ingramcontent.com/pod-product-compliance
Ingram Content Group UK Ltd.
Pitfield, Milton Keynes, MK11 3LW, UK
UKHW022129170726
13837UKWH00003B/1452